Fate/strange Fake

接続章

『みずたまり』

5日前　スノーフィールド某所

英霊であるヒッポリュテが聖杯より知識を与えられて現界した際、彼女の前には眩《まぶ》しい光が広がっていた。

魔力の奔流を全身に感じつつ、それが召喚時の魔力の流れであろうと判断した彼女は、己の契約を求める言葉を告げようとする。

多くの地上生物が生まれると同時に呼吸をするように、サーヴァントとしての役割を顕現と同時に理解していたからだ。

――「問う、あなたが我がマスターとして共に沃野を歩みし者か」

そう口にするべき相手を見ようとした瞬間、彼女の知覚能力は刹那の合間に状況を把握する。

目の前の輝きと魔力の奔流は、召喚の儀式によるものではないと。

激しい衝突音
骨の軋《きし》み
喉から漏れる風啼《かぜな》き
筋肉が爆《は》ぜる怨嗟《えんさ》
食いしばられた歯が奏《かな》でる妙響
瞬時に膨れあがる血管の歌
千切れる関節の兇笑《きょうしょう》
斬撃《アタック》　打撃《アタック》　刺突《アタック》　重撃《アタック》
魔術《マギ》　焼失《マギ》　凍結《マギ》　雷鳴《マギ》
怒号《シャウト》　悲鳴《シャウト》　苦悶《シャウト》　歓喜《シャウト》

あらゆる乱撃と激情が、その空間には満ちていた。

アマゾネスの女王にして戦士長であったヒッポリュテにとって、あまりにも馴染《なじ》みある空気。

すなわち、闘争。

ヒッポリュテが顕現したのは、形式張った儀式の祭壇などではなく、峻烈《しゅんれつ》なる闘争の直中であったのだ。

「……？」

彼女も数多《あまた》の英霊達の闊歩《かっぽ》する古代ギリシャを生きた英雄であり、戦争の神アレスの娘にして狩猟の女神アルテミスの神殿を守りし戦士長でもある。

故に、如何《いか》に激しい闘争であろうと気後れはしない。

それが神代の英霊同士のそれではなく、紛れもなく人間同士によるものだったからだ。

だが、混乱したのも確かだ。

聖杯に与えられた知識によれば、英霊召喚は触媒と呪文詠唱による儀式である。

一部の民族や宗教の間にあるような『戦いを神に捧《ささ》げる』という種類の儀式では無い筈《はず》だ。

何故《なぜ》召喚された自分の目の前で闘争が行われているのか？

召喚した直後の隙を狙って敵対者が現れたのかとも思ったが、彼女の戦士長としての記録が即座にその推測を否定した。

二人の闘争は、既にかなりの時間が経過している。

——どうなっている？

困惑はしたが、戦士長は狼狽《ろうばい》しない。

——いや……このレベルの闘争ならば、可能なのか？

——正式な儀式ではないとはいえ、我が身を呼び寄せる事があるやもしれぬ。

今の自分は激突する二つの人影、そのどちらにも肩入れする理由はなかった。

召喚はされたが、まだ契約は成されていない。

よって、ヒッポリュテは観察する。

自らを召喚せし祭事の場において、何が起こっているのかを知る為《ため》に。

あるいは、この聖杯戦争そのものが如何《いか》なるものかを見極める為《ため》に。


乱撃の最中、人影の一方——赤い服を纏《まと》った女性が、指先から呪い《ガンド》を撃ち放ちつつ言った。

「ああもう！　ほんっと、しぶとい！」

アサルトライフルの三点バーストの如《ごと》き勢いで撃ち放たれたその呪弾を相手が紙一重で避けると、背後でコンクリート製と思《おぼ》しき壁の一部が粉々に砕け散り、無骨な鉄筋が露出する。

赤い服の女性は、それを確認しながら黒い瞳をヒッポリュテへちらりと向けた。

そして、相対していたもう一方の人影に対して距離を取りながら更に言葉を飛ばす。

「お客様が待ちきれなかったみたいだけど、まだ続ける気？」

すると、問われた側の人影——周囲に黒煙のような物を纏《まと》わせた女性が、鋭い眼光で赤い服の敵対者を睨《にら》み付《つ》けた。

「後回しだ。英霊を交えてティータイムでもしたいか？」

魔術文字が刻まれたゴシック風のゴーグルで目を覆い、整った顔立ちの中にサメのような牙を覗《のぞ》かせる黒煙の女性。

兇笑《きょうしょう》と共に紡《つむ》がれた言葉に対し、赤い服の女性は溜息《ためいき》を吐きながら肩を竦《すく》めた。

「あら、わたしは最初からそのつもりよ？」

言葉と共に、ノータイムで行動を開始する赤い服の女。

「もちろん、あなた抜きでね」

肩を竦《すく》めたのも溜息《ためいき》も、単なる挑発にあらず。

その行為の一つ一つが体内魔力《オド》の流れを調節する為《ため》の所作であり、筋肉と関節を爆発的に駆動させる為《ため》の布石でもあった。

常人ならば、姿が消えたと思わせる程の爆発的な踏み込み。

魔力と技術、そして鍛え上げられた膂力《りょりょく》の全てを相乗させた絶佳の歩法。

瞬《まばた》きをする間にトップスピードに達する細身の身体《からだ》。

その時には、彼女は既に次の型へと己の四肢を置き終えていた。

完璧な形で繰り出された掌底が、相手の身体《からだ》へと突き刺さる。

純粋な掌底だとしても、身体《からだ》を鍛えていない者相手ならば絶命しかねぬ心臓部位への一打ち。

しかしながら、真の恐ろしさはそこではない。

赤い服の女は動き出すと同時に指先から撃ち放っていた呪いの塊と並走し、それを押し込む形で掌底ごと相手の身体《からだ》にねじ込まんとしたのだ。

「がっ……！」

掌底を喰《く》らった女のゴーグルにヒビが走る。

顔面から遠い胸部への打撃だったにも拘《かか》わらず、その衝撃が全身を貫き装飾具にまで明確に解《わか》るダメージを与えたのだ。

「かっ……はっ……ハハ、ハハハハハ！」

相手がボクシングチャンピオンであろうとワンダウンは逃れられぬであろう衝撃と呪いを叩《たた》き込まれたゴーグルの女は、楽しげに嗤《わら》う。

「なるほど……噂《うわさ》通り、いや、噂《うわさ》以上だ！『五大元素使い《アベレージワン》』！」

「どんな噂《うわさ》か知らないけど、属性だけで語られるほど安くはないわよ……っと！」

会話の途中に突き出された相手の手刀を紙一重で躱《かわ》す赤い服の女——遠坂凛《とおさかりん》。

「ああ、それはすまなかった！」

ゴーグルの女魔術師——ドリス・ルセンドラの放った手刀もまた人智《じんち》を超えていた。

まず、彼女の手指は人間のそれとは大きく異なり、指先自体が猛禽《もうきん》類の——いや、幻想種たるドラゴンの爪を思わせる硬度と形状に変化しており、それ自体が人を両断せしめる刃と化して、連撃を遠坂凛《とおさかりん》へと浴びせかける。

更に厄介なのは、彼女の手刀に追従するかのように、周囲を漂っていた黒い霧が一斉に蠢《うごめ》く事だ。

時には目眩《めくら》ましとして、時には動きを鈍らせる枷《かせ》として、更にはそれ自体が集合して第三の腕としてこちらに襲い来る。

ルセンドラ家。

東洋において絶滅したと言われる幻想種――『鬼種』を自らの血肉で再現する事を一つの到達点として定め、１０００年もの時をかけて魔術回路と肉体の改造を続けて来た家系だ。

家に伝わる特殊な強化魔術を持ってして、己の骨格、筋繊維、神経、リンパ管、毛細血管の一本一本に至るまでをも擬似的な魔術回路《マジックサーキット》へと仕立て上げる。

既に失われた過去を遥《はる》か未来に辿《たど》り着《つ》くべき終着駅と定める矛盾。

だが、魔術師にとってそれは矛盾ではない。

現在の形での人理の発達と共に失われる物を手にする為《ため》、理解する為《ため》、あるいは塗り替える為《ため》に、魔術師の多くは血脈のエンジンをただひたすらに回し続けるのだ。

ドリス・ルセンドラもまた、そのエンジンに己の命と魂を焼《く》べながら、家系の定めたレールの最先端を走ると言える魔術師だったのである。

「賞賛したい所だけど、先に『厄介』って言葉を送るわ」

遠坂凛《とおさかりん》が、半壊した周囲の壁や床、柱などを観《み》て肩を竦《すく》める。

「この部屋そのものを礼装も触媒もなしに自分の属性に一瞬で染め上げる……いえ、既にあなたの身体《からだ》そのものが礼装にして触媒と化しているのね」

一部は凛《りん》の魔術によるものだが、大半はドリス自身の肉体によって破壊された跡であり、崩れ去った場所には彼女の内から滲《にじ》む狂暴な魔力が残留していた。

つまりは、ドリスが破壊を行えば行う程に、この場が彼女にとって有利な魔術環境に染め上げられていくのである。

既に瓦礫《がれき》に宿る魔力とドリス自身の魔力が共鳴を始めており、凜《りん》という異物を排除すべく室内そのものが敵であるかのような空気が満ち始めていた。

「お前は我が身にとって最高の壁だ！　ルセンドラ家《我ら》の秘奥《ひおう》を出し尽くす価値がある！」

「最後まで付き合ってあげるほど、お人好《ひとよ》しに見える？」

言うが早いか、凜《りん》は自らの周囲に宝石を展開させる。

「――――Anfang《セット》.」

力ある言葉が紡《つむ》がれると同時に、魔力によって宙に浮いた七つの宝石の間で複数の属性の魔力が膨れあがった。

そして、光が宝石の間で反射を続け、魔力を増幅させながら閃光《せんこう》を放つ。

複合属性による魔力の捻《ねじ》れが光線となり、ドリス・ルセンドラへと浴びせかけられようとしていた。

俗にカッティング・セブンカラーズと呼ばれる術式。

更に恐るべきは、その七つの宝石の背後だ。

輝きに隠されつつ、五芒星《ごぼうせい》の如《ごと》き配置で浮かぶ五色の宝石がある。

彼女がロード・エルメロイⅡ世の指導により完成させた魔術『巡る五つの星』だ。

五大元素使いである凛《りん》が、予《あらかじ》め宝石の中に展開していた魔術を相手の術式に合わせて起動、その組み合わせによって必ず最適な相性の攻撃として繰り出すという反則のような技術だ。

宝石の魔術光線を目眩《めくら》ましとし、その発動を示唆する詠唱を口にしようとした瞬間――

「させん！」

宝石を巡る輝きを打ち消すかのように、ドリスの身体《からだ》から爆発的に黒い霧が膨れあがる。

それは、彼女が自らの手首の動脈を切り裂き、そこから噴出した血液だった。

噴出した時点で既に酸化しているかのような色合いのその黒血は、ウォータージェットのような刃となって凛《りん》の周囲にある宝石を撃ち砕かんとする。

同時に、ドリス自身の身体《からだ》にも大きな変化があった。

既に鋼鉄の如《ごと》く強化されているドリスの皮膚を突き破り、右腕の骨が刃の様に変化を始める。

更には、周囲の瓦礫《がれき》が浮かび上がり、鉄骨とコンクリートが圧《お》し固められながらドリスの右腕へと集まり始めた。

鋼と瓦礫《がれき》に包まれた骨刃はやがて腕全体を包み込み、鎧《よろい》と化しながら増大を続け、ついには彼女自身の身長を超え、床から天井にも届こうかという巨大な漆黒の手となる。

そして、次の瞬間――

瓦礫《がれき》と骨と鉄、そして何より魔術回路と化したドリスの血肉によって構成された彼女の右腕が歪《いびつ》な音を立てながら前方へと伸び、巨人の如《ごと》き掌《てのひら》が凜《りん》へと襲い掛かった。

何より恐ろしきは、これだけの変化と挙動がわずか1秒未満の間に行われた事である。

本来ならば、凜《りん》の『巡る五つの星』の詠唱が完成さえしてしまえば、物理構成そのものを解体する事など造作でもない筈《はず》だった。

だが、ドリスの速度はその術式が完成する暇を与えない。

如何《いか》なるイカサマも後出しも、全てを彼女の研鑽《けんさん》による肉体変化速度と、その強化魔術によって生み出した物理で呑《の》み込まんとする。

仮にここから凜《りん》の術式が発動して解体を行ったとしても、勢いの付いた瓦礫《がれき》は既に魔術ではなく、生半な結界や防御術式で押し止められるような質量ではなかった。

凜《りん》の『巡る五つの星』は、構築される『魔術』に対してはほぼ無敵である。

しかしながら、やがて世界の中に霧散する『魔術』とは違い、世界に紐付《ひもづ》けられた現実という事象――例えば、永続する特殊な投影や、既に物理的存在として完成している水銀生命体、あるいは単にこちらに突っ込んでくるダンプカーなどに対しては無力となる。

『巡る五つの星』の術式を知らぬルセンドラだが、彼女の執念は、知らぬままに凜《りん》の秘奥《ひおう》への対抗策にまで辿《たど》り着《つ》いていたのだ。

「無理にでも付き合ってもらうぞ、遠坂凜《とおさかりん》！」

ルセンドラの家系は近年、急速に衰え滅びつつある。

神秘が薄れたせいではない。

純粋に、やり過ぎたのだ。

鬼というかつて実在した幻想に近付く為《ため》、あるいはその在り方をなぞる為《ため》に、ルセンドラの家系はあらゆる物を喰《く》らう。

最も力を持っていた前当主は、それこそ人や魔、時には吸血種までをも喰《く》らい、最後には神すら喰《く》らわんと、『神降ろし』をする一族がいるという日本へと出向いた。

そして、その最中に出会った通りすがりの『本物』――すなわち、身の内に色濃く鬼の血を遺《のこ》した、とある隻眼の男に惨殺《ざんさつ》されたのだという。

魔術刻印も大半を喪失し、それまで『喰《く》らうべき贄《にえ》』としてあまりにも多くの敵を作り続けた代償は大きかった。

待つのは緩やかな消失か、あるいは敵対者の襲撃による刹那の滅びだけ。

そんな状況の中、一人だけ諦めずにいたドリスの元にフランチェスカが訪れ、聖杯戦争への誘いを持ち出した。

偽物《にせもの》の聖杯であり、根源には恐らく至らぬ代物だというのは聞かされている。

だが、ある程度の願望器としては代用できる物であるとも聞かされた。

それを鵜《う》呑《の》みにしたわけではないが、ドリス・ルセンドラはその誘いを受ける。

神代の英霊をこの目で見て、魔力を介して繋《つな》がる事により得られるものがあると信じていたし、何よりも――仮にも神に近しい存在が顕現したのだとすれば、それを己の内に取り込む事さえできるのではないかと。

だが、今は違う。

英霊を召喚すらしていないこの状況で現れた強敵を前に、ドリスの中からは全ては消《き》え失《う》せていた。聖杯戦争も家の再興も、己の目指すべき道すら些事《さじ》であると。

だが、魔術師としての命題を忘れたわけではない。

確信があったのだ。

ここが、この魔術師こそが、己の生涯における最大の壁になると。

その壁を撃ち砕く事こそが、自らの家系の魔術の完成に至る道であると確信したのだ。

故に、彼女はその一撃に全てを注《そそ》ぎ込む。

遠坂凛《とおさかりん》と共に現れた者達との戦いも、英霊との契約も、全て捨てて構わない。

そんな覚悟を持って打ち放たれた『巨鬼の掌握』。

まさしくドリス・ルセンドラにとって、相手の魔術の属性を悉《ことごと》く無視して圧《お》し潰さんとする秘奥《ひおう》と言うべき一撃であった。


「見事」

ドリスの渾身《こんしん》の魔術を前に、ヒッポリュテが呟《つぶや》く。

「だが……」

戦士の英霊である彼女の目は、その光景をハッキリと捉えていた。

遠坂凛《とおさかりん》と呼ばれていた女は、巨人の如《ごと》き掌《てのひら》の一撃が組み上がった時には、既に詠唱と宝石を捨て去っていたのである。

自らが構築した最高峰とも言える魔術よりも先に、相手の生み出した物理がこちらに届くと判断したその瞬間。

彼女は展開した宝石全ての魔力の半分を自らの隠蔽と力場形成に転換し、天井近くまで跳躍しながら迫る巨人の手指の隙間を縫う形で擦り抜けたのだ。

一歩間違えれば鬼の爪の餌食《えじき》となるにも関わらず、遠坂凛《とおさかりん》と呼ばれた魔術師はその死地の中に活路を見出《みいだ》したのである。

――賭けではない。

――あの魔術師……それが最適の道だと読み切っていたな。

一瞬だけ背後で砕け散る宝石に向かって名残惜しそうな視線を向けた凛《りん》という魔術師は、そのまま天井を蹴り、次の動作へと身体《からだ》と心、そして魔力の流れを切り替えた。

砕けた宝石から溢《あふ》れた余剰魔力の全てを自身の魔術回路に引き込みながら、詠唱すら必要としない、己が最も得意とする術式を組み上げる。

天井近くから自由落下を始める遠坂凛《とおさかりん》の指先に、色濃き禍《まがつ》が湧き上がった。


彼女の土地の物とは些《いささ》か趣が違うが、あれは『呪』であるとヒッポリュテは理解する。

ガンドという言葉をヒッポリュテは知らなかったが、それが如何《いか》なる作用をもたらすかは、神代の気配が残る魔獣や妖術師と山ほど戦ってきた彼女にとって容易に推測できるものだ。

――しかしながら、なんと輝かしき呪いなのか！

ガンドそのものは呪いに過ぎない。だが、ヒッポリュテはその洗練された手練手管――恐らく現代の人間の術士としてはかなりの高水準であろう高みにまで練り上げられたその魔術技巧を心の底から賞賛した。

そして――決着の時が訪れる。


「小癪《こしやく》！」

ドリスは、驚愕《きようがく》と共に心中で敵対者を賞賛した。

いましがた凛《りん》が練り上げていたのは、魔術師の家系として辿《たど》り着《つ》いた最高峰の術式の一つであろう。

その魔術をあそこまで練り上げた段階で即座に切り捨てるという判断は、如何《いか》に魔術師が合理主義者と言えど容易にできる事ではない。

相手が魔術の研鑽《けんさん》だけではなく、ただならぬ実戦経験を積んでいるという事を判断したドリスは、口角を上げながら相手の攻撃へのカウンターを準備する。

今のガンドは既に何度も観《み》た。

鉄筋コンクリートすら抉《えぐ》る、『フィンの一撃』と呼ばれるまでに練り上げられた呪弾。遠坂《とおさか》凛《りん》はそれを機関砲の如《ごと》き勢いで連射する為《ため》、一般人が相手ならばそれだけで絶命は免《まぬが》れない。

仮に肉体が耐えられたとしても、呪いの本質に身を侵され心臓が停止する事だろう。

されど、今のドリスならば、鉄と化した皮膚で呪いの連撃を受け止める事ができる。

そう判断した彼女は、今の自分に放てる最高練度のカウンターを決めるべく、全身に魔力を激しく巡らせた。

だが、受ける覚悟をしていたガンドの衝撃が訪れない。

「⁉」

逆の意味でスカを喰《く》う形となったドリスが困惑するその前で、凛《りん》の指先から撃ち放たれたガンドが見えない何かに遮られていた。

一瞬、自分と凛《りん》以外の何者かの介入かと考えたドリスだが——即座に違うと判断する。

その結界から放たれる魔力の質が、凛《りん》の纏《まと》っているそれと同質のものだったからだ。

つまり、結界を張ったのは凛《りん》自身という事になる。

――ガンドを……結界の籠の中に⁉

本来ならば、部屋一つに敵対者を閉じ込められる程の強力な結界。

そのサッカーボール大にまで圧縮させた結界を、凛《りん》は自らが生み出したガンドを循環させる籠へと変化させたのだ。

その籠は今や呪いの詰まった圧力釜と化し、更に収縮しながらドリスの足元へ落ちて行く。

溜《た》め込まれた呪いの爆発を想起したドリスは、その場から飛び退《の》こうと瞬時に足に魔力を集中させ――


その足の甲を、凛《りん》の渾身《こんしん》の震脚が踏み抜いた。


虚をついた一撃。

ドリスはガンドの籠に目を奪われ、凛《りん》の姿から一瞬――まさに刹那というに相応《ふさわ》しい時だけ意識を逸《そ》らした。

かつて冬木《ふゆき》の地において本物の聖杯戦争を生き抜いた遠坂凛《とおさかりん》という魔術師にとって、その隙を見せた相手は降伏をしたに等しい。

そして、降伏をした相手だろうが、心が折れていなければ二度と立ち向かえぬまでに叩《たた》き折るのが遠坂凛《とおさかりん》の流儀だ。

ドリスの意識外の位置から、彼女の足をゴルフボール大にまで圧縮された結界ごと震脚で踏み抜く凛《りん》。

毛細血管に至るまで全てが擬似的な魔術回路となっているドリスだが、そんな彼女が跳躍の為《ため》に足に魔力を集中させた瞬間を狙った一撃だ。

フィンの一撃を葡萄《ぶどう》弾の如《ごと》く詰め込んだ呪いの大砲とでも言うべきものが鋼の肉体をこじ開け、足の甲まで最大限に開かれた魔力のパスを通して全身へと拡散する。

足元からの衝撃が脳天まで伝わり、余波でドリスのゴーグルレンズが粉々に砕け散った。

「がっ……！」

黒血を吐き出し、全身を仰《の》け反《ぞ》らせるドリス。

凛《りん》はそのまま流れるような形で、いつの間にか手にしていた宝石ごと次なるガンドを掌底で叩《たた》き込もうとしたのだが——


その一撃が、横から差し出された掌《てのひら》に受け止められた。

凛《りん》がジロリとそちらを睨《にら》むと、乱入者——ヒッポリュテは、まっすぐに凛《りん》を見据えながら口を開く。

「闘争に水を差した無粋は詫《わ》びよう」

そんな言葉を口にするヒッポリュテの右手は、ガンドを宝石ごと包み込むように凛《りん》の一撃を静止させていた。

巨象すら倒す威力の一撃を軽く受け止められた形となるが、凛《りん》は焦《あせ》った様子は見せていない。現代の魔術師達と隔絶した、この圧倒的な力こそが英霊なのだと知っていたからだ。

「だが、もう勝負はついている。動けぬ者への追撃は見過ごせない」

ヒッポリュテが言うと同時に、ドリスの身体《からだ》が膝から崩れ落ちる。

構成されていた魔力が解け、瓦礫《がれき》と血によって作られていた巨人の手掌《しゅしょう》も崩壊した。

遺《のこ》されたドリスの右腕は激しく損傷しているが、元よりの肉体の性質故か血は既に止まっている。

「ふーん……」

逆に英霊を値踏みするように観《み》た遠坂凛《とおさかりん》は、溜息《ためいき》を吐くと同時に魔力を収めた。

宝石を握り込みながら一歩離れると、ドリスが息を荒らげながら言葉を紡《つむ》ぐ。

「情けなど無用だ、英霊よ……。敗北したこの血肉と魂、勝者に喰《く》らわれようと文句は無い」

血を吐き出しながらも、どこか満足したような表情で言葉を続けるが、それが精一杯らしく、立ち上がる事もままならない状態だ。

そんなドリスを観《み》て、凛《りん》は嫌そうな顔をしながら言う。

「あのね、人を食魂鬼《ストリゴアイカ》とか肉食恐竜みたいに言わないでもらえる？　最初から命まで取る気もなかった……かといって、甘い魔術師と勘違いをされるのも腹が立つから言っておきます」

こほんと咳払《せきばら》いをした後、先刻までの激しい戦い方とは裏腹に、理性的な言葉でドリスに断言する凛《りん》。

「誓約がどうあれ、最初に令呪が宿ったのはあなた。殺して奪い取るなんて山賊みたいなマネをして、そこの英霊が快く納得してくれるとは思えないわ。……まあ、容赦なくトドメを刺した方が好感度が高くなる英霊もいるでしょうけど」

そう言いながら、凛《りん》はちらりとヒッポリュテの方を観《み》た。

ドリスもまた、ヒッポリュテを観《み》ただけで、どういった性質の英霊であるかを感じ取ったのだろう。手足が動かぬ状態のまま、顔だけで薄く笑って目を閉じる。

「完敗だ。悔いはない」

「それはどうも、こっちは悔いだらけよ」

凛《りん》は軽く息を吐いた後、意地の悪い笑みをドリスに向けながら言葉を続けた。

「だいたいね、どれだけあなたに宝石を使わされたと思ってるの？」

「殺しちゃったら、埋め合わせをして貰《もら》えないでしょ？」

「なるほど、魔術師としての誓約を結んだ上での決闘であったか。恐らくは……私との契約の権利をかけての」

「正確には、契約の為《ため》の交渉権……つまりは令呪ね」

凛《りん》の言葉から事態を理解したヒッポリュテは、改めて凛《りん》を観《み》る。

強き魔術師だ。

しかも、まだ伸びしろがある。

それが純粋な感想だが、伸びしろがあると言っても、年の若さにしては完成されすぎている。

更に言うならば、それは彼女だけではなく――

「……数に任せて奪い取るような真似《まね》はしないのだな」

ヒッポリュテは、部屋の外にいる十数人の気配を察しながら言った。

「状況によってはそうするけど、まだ聖杯戦争は始まってないでしょう?」

凛《りん》の言葉を合図として、外に居た者達が破壊された室内へと足を踏み入れる。

「まあ、魔術誓約を交わしての『個人の』決闘を受けてもらえた事は僥倖《ぎょうこう》だったね、遠坂凛《とおさかりん》。

ただでさえ狼《スヴィン》と蛇《ローランド》の二人が獣狩り《ゼムルブス家》と揉《も》めて和解したばかりだ。鬼なぞり《ルセンドラ家》とまで揉《も》めて数で叩《たた》き潰したとあれば、先生の御威光に傷がつく」

貴族然とした空気の青年がそう言った後、青いドレスの女が言葉を続けた。

「それにしても無骨な戦いでしたこと。組技の一つでも覚えるか、宝石の出し惜しみをしなければもっとスマートに終わっていたでしょうに」

その言葉に、凛《りん》が瓦礫《がれき》に背を預けているドリスを観《み》た後に反論の言葉を口にする。

「あのね！　こいつの魔術観《み》たでしょ!?　組技なんて悠長な真似《まね》してたら骨に刺されて終わりじゃない！」

「ふっ……わかっておりませんわね。関節技も投げ技も極めれば打撃と同じく刹那の間で相手を無力化できますのよ？」

「魔術師相手にそんなキワモノじみた真似《まね》しようとするの、正直アンタだけだからね？」

「最後の一手……ガンドを封じた結界の構成も雑でしたわね。それとも、また自爆覚悟の特攻でしたの？」

「またって何よ!?　またって！」

軽口の叩《たた》き合いなのか本気なのか判じにくい口論を続ける赤と青のドレスを纏《まと》った女性達を横目に、最初に声を上げた貴族じみた青年がヒッポリュテへと一礼する。

「同輩がお見苦しい姿を見せて失礼。此度《こたび》の儀式において、聖杯の呼び声により召喚された英霊とお見受けします」

優雅なしぐさと身体《からだ》を巡る魔力が完全に調和している青年を観《み》て、ヒッポリュテは確信する。

この場に現れた十数名の者達は、誰もが凛《りん》と同じく、年相応以上に磨かれた原石達であると。

逆に言うと、他の面々を観《み》ても、それ以外の共通点が見受けられなかった。

故にヒッポリュテは、契約の話や自らの要望よりも先に問い掛けた。

「統一された組織のようには見えないが、君達はどういった集団だ？」

自らが女王であり戦士の一団を率いた経験があるからこそ、その不思議な集団がいかなる繋《つな》がりによるものなのか気に掛かったのである。

すると、遠坂凛《とおさかりん》という魔術師が少し考えてから答えた。

「どうって……同じ先生の元で学んだ門弟同士……としか言い様がないわね」

その答えに合点《がてん》がいったヒッポリュテは、心からの賞賛を込めて口を開く。

「なるほど……よほど優秀な師なのだろう。我らの世に広く名を轟《とどろ》かせていたケイローンのように」

すると、その集団は顔を見合わせ——数名は当然だとばかりに頷《うなず》いたが、大半はなんとも言えぬ苦笑いを浮かべながら首を横に振った。

「多分だけど……神話に名高いケイローンとは、180度違うタイプだと思うわよ？」

× ×

ロード・エルメロイⅡ世という男がいる。

個人の持つ魔力量を河川や海に喩《たと》えた際に、『みずたまり』と評される事のある魔術師。

かつて極東の地で行われた魔術儀式に参加し、若き魔術師見習いの立場でありながら生き延びた男だ。

ただの魔術儀式ならば、命に関わる事故もなく儀式を終えただけという話で終わる事だろう。

問題は、それが命懸けの魔術決闘とも言える儀式であり、眉唾ながらも願望器が顕現すると噂《うわさ》され、更にその深奥《しんおう》においては、根源にすら手が届きかねぬ魔術世界にとって枢要なる儀式——『聖杯戦争』であったという事だ。

儀式を生き延びた当時、まだ少年と呼んでも差し支えなかった年頃の男は、やがて時計塔のロードへと至る。

同じ聖杯戦争の儀式において命を落とした、ケイネス・エルメロイ・アーチボルト。

その立場と、彼の死によって生じたアーチボルト家のあらゆる負債を引き継いだ青年は、その後に数多《あまた》の事件と遭遇し、壮大な冒険を繰り広げる事となったのだが——それはここで語られるべき事でも、スノーフィールドの儀式と直接的に関わる事でもない。

スノーフィールドにおける贋作《がんさく》の聖杯戦争において重要なのは、先代であるケイネスという男が冬木《ふゆき》の地おいて全てを失ったという事。

そして、エルメロイの名を受け継いだその男が育て上げた者達だ。


エルメロイ教室。

現代魔術科の講師としてエルメロイⅡ世が育て上げた生徒達。

Ⅱ世本人に『育てた』という意識は薄いかもしれない。本人は『才能のある者達が勝手に羽化し、自分はわずかに道筋を見つける補佐をしたに過ぎない』と愚痴り、心の底から自らの生徒達の才を羨む事も多々あった。

事実、才能のある若い魔術師達が教室に集まったのは事実である。

時計塔のロードの中で最も権力が小さい事もあり、派閥などのしがらみもある為《ため》に完全に教室に所属する者こそ少なかった。

しかしながら、最後まで教室に残り卒業にまで至った者達は、誰もが時計塔における魔術階位の高み——典位や色位の座へと辿《たど》り着《つ》くと言われており、卒業をせず他の学科から卒業した者達も名うての魔術師として評価されている。

結果、『エルメロイ教室』出身者と呼べるOB達は現段階で五十人程度ではあるものの、数百人、数千人と言われる他学科の勢力を差し置いて『あの教室が動けば時計塔が動く』という評価をされ、派閥問わず強く警戒をされている存在であった。

Ⅱ世本人にとっては甚だ迷惑な評価ではあったのだが、それでも望まぬロードの座を預かり続けているのは、魔術師としては些《いささ》か奇矯《ききょう》な彼の人柄故のものだろう。

そんな彼の弟子達のスタンスも千差万別であり、師であるⅡ世を狂信的に信仰しているように見える者から、逆にⅡ世を心の底から憎み、殺意すら抱いている者、愛人志望と謳《うた》いつつも平気で裏切る者まで様々だ。

だが、大半の者達は、良き師としてⅡ世を受け止めている。

間違いを犯さぬ師ではない。

万能無欠の超人でもない。

聖人君子からは程遠く、悪貨でありながら良貨の繁栄を模索する変わり者。

それこそ、エルメロイ教室の生徒達に『ロード・エルメロイⅡ世の駄目な所を語れ』と問《と》い質《ただ》せば、皆苦笑しながらいくつもの欠点をあげつらう事だろう。

しかしながら、彼らの多くは理解している。

今の自分があるのは、良かれ悪かれ、エルメロイⅡ世という師が居てこそだと。

『みずたまり』と師を揶揄《やゆ》する言葉は、確かに事実の一面でもあるが——
それは、大海よりも大河よりも遙《はる》かに価値のある『みずたまり』なのだと。
覗《のぞ》いた者を映し出し、水の些細《ささい》な揺らぎが像を歪《ゆが》める。
ある種の照応を持ってして、人生を変える『みずたまり』。
それは確かに、魔術師として成長し続ける者達にとっての祝福であり——
同時に、厄介極まりない呪いでもあった。

二十四章

『五日目　昼　■は沈黙せよ』

遙《はる》かなる過去

その廟《みたまや》へと至るには、幾通りもの道がある。

末路から顧みれば、総《すべ》ては同じ道であるとも言えるのだが。

天命の果てを祝福する鐘撞《かねつ》き堂とも、冥界のとばくちとも伝えられる山の霊場。

この世に生を受けた以上は必ず辿《たど》り着《つ》く概念の具現化でありながら、万人を拒む幽谷を越えなければ歩み入れぬ地。

——アズライールの聖廟《せいびょう》。

実際に山に足を向けた者の中で、その『果てにして始まり』の頂きへと至れる者は少ない。

いや、誰かが辿《たど》り着《つ》けたのかどうか、そもそも実在するのか否《いな》かすら現世《うつしよ》において知られる事はなかった。

そこに至る事は、すなわちこの世界における生命の終わりを意味するからだ。

道の険しさにより死に至る事もあるだろう。

だが、それが事の本質ではない。

無事に辿《たど》り着《つ》けてしまったからこそ、命が失われるのだから。

聖廟《せいびょう》へと至った者に報奨として与えられるのは、文字通り天命を果たした事に対する祝福の鐘——すなわち晩鐘の響きと、安らぎへと誘《いざな》う刃の輝きなのだから。

霊廟《れいびょう》の中に在り続ける者は、ただ一人。

生きて在り続けるのか、あるいは死して在り続けるのか計り知れぬ『無貌の翁《おきな》』。

ハサン・サッバーハと呼ばれる暗殺者の長達が誰よりも敬い、畏れ続ける死の告知者だ。


呪腕。

煙酔。

静謐。

影剝。

震管。

百貌。


暗殺教団の中において個々の二つ名を持ち、その名に見合った暗殺の業を持つ歴代の長達。

『山の翁《おきな》』はその初代にして唯一そうした名を持たぬ、教団の始まりにして概念そのものと言うべき存在であった。

彼は後続となる十八人の長達にとって、決して辿《たど》り着《つ》けぬ導きの星であり、決して目にする事の無い規範であり、決して逃れられぬ処刑人でもある。

歴代のハサン・サッバーハ達に堕落は許されない。

道義から外れる事を良しとした者達が人としての快楽に溺れたならば、大義はその瞬間に私欲へと成り下がり、教義そのものの否定となる。

それを許さぬ為《ため》に、晩鐘の響きを携えて翁《おきな》はハサン達の元に現れる。

あるいは老いや堕落と共に暗殺の業に陰りが見えた者に。

あるいは欲望に溺れ堕落した者に。

万人にいずれ終焉《しゅうえん》が舞い降りるのと同じように、終焉《しゅうえん》の刃で常闇《とこやみ》へと誘《いざな》う為《ため》に。

暗殺教団の長たる者は、誰もが己の総《すべ》てをその名に封じ、教義に捧《ささ》げる。

如何《いか》なる理由であろうとも、それが果たせなくなった時こそが命を終える時に他ならない。

霊廟《れいびょう》に限らず、如何《いか》なる場所であろうとも、在り方を違《たが》えたハサンの後ろに翁《おきな》は立った。

その翁《おきな》が在る場所こそが真なる意味での『アズライールの聖廟《せいびょう》』だとでも言うかのように。


故に、暗殺教団の長達は霊廟《れいびょう》の存在は聞かされているものの、実際にそこに足を向ける者は殆《ほとん》どおらず、居たとしても、それは役目の終わりを察した事で自ら首を差し出しに行く者だけだった。


だが、永き時の中では、条理に横風が吹き付ける事もある。

それは、その虚《うつ》ろな人影は、少しばかり違っていた。

乾燥地帯にありながら霧深い幽谷の中を、陽炎《かげろう》のように歩み進む一つの影。

生者であるのは確かであったが、現世《うつしよ》と冥界の境目において、その双方に溶け込んでいるかのような気配を纏《まと》いながら、その人影はただ進み、進み、進み——

いくつかの難所と試練を乗りこえ、影はその聖廟《せいびょう》へと辿《たど》り着《つ》いた。

人影はついに聖廟《せいびょう》の守護者たる『無貌の翁《おきな》』の元へと至ったのである。

まさしく死そのものの体現であるかのような『翁《おきな》』の気配を浴びながら、人影はただその場に傅《かしず》いたまま何かを告げ——

教団の長ではなく、暗殺者ですらなかったその人影は、晩鐘を聞く事なく命を終えた。

そして、時は流れる。

２００年か、５００年か、あるいは大樹の影が消え去る程の年月。

滅び続ける影が、世界に焼き付けられる程の時が。

×　　×

数日前

「貴方《あなた》は聖杯に何を望むのですか？　影なるアサシンよ」

偽りと真実の狭間《はざま》を行き交う聖杯戦争において、契約を結んだマスターが『影』に問う。

元々無口な存在である事は把握している。

だが、その『影』のマスターとなった男は、少しでも己のサーヴァントの性質——あるいは弱みなどを握る為《ため》、契約をした直後に問《と》い質《ただ》した事がそれだった。

通常の聖杯戦争において、英霊の多くは願望器たる聖杯になんらかの望みを抱いて呼び寄せられる。

相手が此処《ここ》に居る理由の根幹を知る事で、より効率良く相手を知る事が『影』のマスターの目的だった。

アサシンとして顕現した『影』――ハサン・サッバーハを名乗るその英霊は、聖杯戦争を良く知るマスターにとっても異質な存在として目に映る。

何しろ、マスターである己の目から見ても、身体能力はおろか魔力量すら把握できないのだ。

やたらとこちらを試すような物言いといい、一つ対応を間違えればマスターである自分の寝首を掻《か》きにきてもおかしくはない。

令呪を消費して行動を縛る、という手もあるのだが、この英霊を令呪で縛るならば、こちらも全てを奪われる覚悟を持って行わなければならない。そう思わせるだけの不気味さがあった。

命じる内容に欠片《かけら》もミスがあってはならない。

――この英霊は、消滅を……二度目の死を欠片《かけら》も怖《おそ》れてはいない。

契約した瞬間から、それだけは理解できた。

だからこそ、不気味に感じられる。

死を怖《おそ》れぬのなら、未練が無いのならば、何故《なぜ》ここに現れたのか？

この英霊を利用するにせよ、謀反《むほん》に備えるにせよ、現段階ではあまりにも情報が少なすぎる。

そうした打算がある事は向こうも見抜いているだろうが、マスターである男は、それでも敢《あ》えて尋ねる道を選んだのだ。

「教えては頂けませんか？　もしも願いが私のものと相容《あいい》れないのであれば、こちらが譲歩する用意はあります」

誠意らしき言葉で取り繕ったマスターの問いに対し、影は口を開かない。

ただ、マスターが向かうパソコンのモニターにノイズを走らせ、その狭間《はざま》にサブリミナルのように文字を走らせるだけだった。

まるで、それを口にする事すら厭《いと》うかのように。

【願望器は、我の道に在らざる物なり】

「……？」

【元より堕落に身を堕《お》としていた我が道には必要もなく、故に我はここに在る】

あえて『聖杯』という単語を避けているのか、願望器というこの儀式における聖杯の建前とでも言える単語を用い、謎かけのような言葉をノイズの中に揺らめかせる。

マスターの言葉を待たず、『影』はただその文字だけを残し街の闇の中へとその気配を溶け込ませた。

【我が内において願望器とやらに光が差す事はなく、影なるこの身が触れる事は永劫《えいごう》ない】

そして、影は聖杯戦争の闇の中に紛れ込む。

聖杯に照らされた者達の影を、等しく推し量るかのように。

影は英霊として喚《よ》ばれた今でも、己の認識を変える事はない。

自らの首を刎《は》ねた刃の輝き。

ここにある『個』は、その輝きに照らされた翁《おきな》の影に過ぎず——

山の翁《おきな》ではなく、その影としてその意志をなぞるだけの存在なのだと。

×　　×

そして、現在。

メソポタミアの神と神獣、そして魔獣が並び立つ魔境と化したスノーフィールドの森の中に、『影』はただ潜み続けた。

自分の役割が真《しん》に終《つい》えたのかどうかを確かめる為《ため》に。

あるいは、このまま世界が滅びるのだとすれば——人理と共に永劫《えいごう》の夜へと還《かえ》るのも、また己の役割であると考えながら。

だが——『影』の瞳には、一人のアサシンの姿が映し出されていた。

己の信じる道の為《ため》に足掻《あが》き続ける、答えを持たぬ求道者の姿を。

×　×

コールズマン特殊矯正センター

「……通信の遮断は進んでいますか？」

ファルデウスの言葉に、部下のアルドラが告げる。

「はい、事前の取り決め通り、街の通信塔から一般回線・軍事回線共にまもなく遮断されます。魔術を使用した通信を除き、無線にも全てジャミングをかける準備も完了しています」

「台風による通信棟の倒壊。カバーストーリーはその形で良《い》いでしょう。そう何度も何度もガス会社に押しつけるのは可哀想《かわいそう》ですからね」

肩を竦《すく》めるファルデウスに、アルドラが淡々と問い掛けた。

「湖沼《こしょう》地帯と砂漠地帯に展開させている【イバラ】と【アナグマ】はどう処理しますか？」

「そのまま待機させて下さい。彼らも切り捨てる対象ですし、下手に動かして勘づかれるわけにもいきませんから」

「この状況では、下手な魔術使いや傭兵《ようへい》にできる事など殆《ほとん》どありませんしね」

×　　×

スノーフィールド西部　ネオ・イシュタル神殿

周囲に落下していく現代兵器だったものの残骸を見ながら、名も無きアサシンが呻《うめ》くように声を漏らす。

「異郷の力の化身……これほどとは！」

自らが追い続けた吸血種の魔物を目の前にしながら、アサシンは一瞬だけとはいえ、その敵を完全に意識から消し去ってしまった。

だが、当の敵——吸血種であり召喚主でもあるジェスター・カルトゥーレもまた、あれほど執着していたアサシンの事を一瞬だけ全ての感覚から喪失していた。

いや、強制的に意識と感覚の全てを惹《ひ》き付《つ》けられた、という方が正しいかもしれない。

神殿に現れた女神を名乗る女が何らかの力を振るった瞬間、アサシンと吸血種は目を奪われるどころではなく、魂ごと支配されるかのような錯覚に陥った。

足元の感覚すら消《き》え失《う》せ、自分が突然無重力の暗闇に投げ出され、唯一存在するものが眼前の神殿であると常識を上書きされかける中、それでも意識をまともに保てたのは、彼女の精神力と信仰の強さ故だろうか。

それほどの圧倒的な力――あるいは『美』とでもいうべき概念が、目の前の荘厳《そうごん》な建造物、即《すなわ》ち『ネオ・イシュタル神殿』から満ちあふれていたのだ。

礼讃《らいさん》せよ、奉拝せよ。
　蒼穹《そうきゅう》は常にそこにあり。
　　冒瀆《ぼうとく》せよ、瀆神《とくしん》せよ。
　　　真なる力の前に言葉は意味をなさず、雷鳴と共に消え去るのみ。
　　　　探究に死せよ、無知なるままに生きよ。
　　　　　狂飆《きょうひょう》は全てを肯定するであろう、蒼穹《そうきゅう》は全てを否定するであろう。
星を覆いし天空こそがイシュタル女神の現身《うつしみ》なれば。
　豊穣《ほうじょう》の時代は今こそ来たれり。
　　地より孵《かえ》りし命脈は天球に還《かえ》り、星の落涙は禾穀《かこく》と蔬菜《そさい》を潤さん。
　　　狂瀾《きょうらん》なる溟海《めいかい》を讃《たた》えよ、幽邃《ゆうすい》なる燎原《りょうげん》に身を捧《ささ》げよ。
　　　　遙《はる》か明星より降り注ぎし威光は、栄華と滅びを等しく大地に育むであろう。

我らがイシュタル女神は最後の神となりて森羅万象を祝福せん。

全てを許し、全てを罰する。

其《そ》は女神の愛、即《すなわ》ち豊穣《ほうじょう》なり。

約束された時代よ、今こそ来たれり。

礼讃《らいさん》せよ、奉拝せよ。

冒瀆《ぼうとく》せよ、瀆神《とくしん》せよ――


ある種の祝詞《のりと》のような言葉が、ネオ・イシュタル神殿の周囲に響き渡る。

それは、ネオ・イシュタル神殿の祭祀《さいし》長としての在り方を定められたハルリの口から流れる、新しき時代の到来を告げる言葉だった。

誰に告げるでもなく、ハルリ自身が己の心に言い聞かせているかのように。

彼女の眼前には、愚かにも女神に抗《あらが》おうとした者達による叡智《えいち》――即《すなわ》ち現代兵器の数々が、イシュタルの魅了によって無力化され、無様に大地に転がる光景が広がっていた。

そして――ハルリが奉《たてまつ》る女神の姿が、神殿の上にある。

合間に立つジェスターとアサシンなど既に眼中にないとばかりに、フィリアという名であった『器』に降臨したイシュタルは、威風堂々たる立ち振る舞いで大地を睥睨《へいげい》する。

「いいでしょう」

そして、ジェスター達のみならず、聖杯戦争に参加する魔術師と英霊達、あるいはスノーフィールドに住まう人々――いや、土地や人類という枠すらをも通り越し、星の表層《テクスチャ》に存在する万物へと神託を下す。


「跪く事を、許します」


傲慢極まりなき一言。

されど、力ある声。

理不尽極まりない一言が、まるで絶対不変の真理であるかのように大地へとのし掛かる。

豊穣《ほうじょう》。

ただ在るだけで満たされる豊かさが、世界の中に顕現していた。

全てが完成されたような、あるいは完結してしまったような。

そんな空気が森の中に満ち満ちている。

恍惚《こうこつ》と諦観を感じさせる独特な空気を生み出すのは、森の中に立つ女神そのもの。

彼女を奉《たてまつ》る神殿がその恵みを増幅させ、終末感に満ちた風となって世界を巡り始める。

風を運ぶのは、町の西側に停滞した巨大なる神獣――天の牡牛《おうし》。

もはや完成された神殿は新たなる世の理《ことわり》を広める楔《くさび》と化し、この森に生まれた特異点が世界を浸蝕《しんしょく》する事は不可避であるかに思われた。


だが、抵抗は生じる。

自浄の力か、あるいは滅び逝《ゆ》く弱者達の足掻《あが》きか、未《いま》だ答えの出ぬ抗《あらが》いが。

その内の一欠片《かけら》は今——スノーフィールドの都市部を挟んで反対側の湖沼《こしょう》地帯において、どこか間の抜けた悲鳴を上げていた。

×　　×

スノーフィールド北東部

「ひあぁぁあぁぁあぁぁあ」

気の抜けた悲鳴が、スノーフィールドの湖沼《こしょう》地帯に木魂《こだま》する。

「大丈夫かアヤカ！　無理そうならやっぱり歩いて……」

「だだだ大丈夫、今は……急がないと！」

ああわとしながら叫ぶのは、馬の背に乗って町の北に向かうアヤカ・サジョウだ。

彼女はセイバーの背にしがみつく形で馬に乗っており、尋常ならざる速度で湖沼《こしょう》地帯のぬかるんだ土の上を進んでいる。

セイバーが『供回り』と呼ぶ霊基から借り受けた馬の力か、通常の乗馬で感じられるような上下の揺れは殆《ほとん》どなかった。

アヤカは単純に今まで経験した事のない速度での移動に悲鳴を上げているのだが、それでも速度を落とせとは一言も口にしない。

魔術に関する知識に乏しい彼女も、流石《さすが》に町を包み込む異常性を感じ取っていたからだ。

西を見れば世界の果てかと見紛《みまが》う程に分厚い雲の壁が鎮座しており、ニュースでは北極をはじめとする地球全体で起こっている異常現象について報じている。

更には、これまで接触してこなかったサーヴァントが訪れ、マスターが共闘を持ちかけているのだという。

通常の魔術師ならば罠《わな》ではないかと疑う所だし、アヤカもそれを考えないわけではなかった。

だが、自分は完全に素人《しろうと》であり、籠城《ろうじょう》して状況を打開する方法も思いつかない。

セイバーに頼れば策は出してくれるだろうが、そのセイバーが共闘の持ちかけに乗り気になっているのだ。アヤカとしては反対する理由もなく、何より、迎えに来たライダーと名乗る女性に危険な空気は感じなかったというのも大きかった。

彼女が病院の前で見た他の英霊達や、夢の世界で出会った魔獣達と比べたら遙《はる》かに信用できる存在と言えよう。

もちろん相手の言う事を鵜呑《うの》みにするわけではなく、最低限の警戒は続けるアヤカ。

セイバーの背にしがみつきながら、横を馬で並走するライダーの英霊をちらりと見た。

尋常ならざる速度で走るセイバーの馬に対し、全く遅れる事なく、それどころかまだ余裕がありそうな様子で並走している。

ライダーの霊基だと名乗っていたが、アヤカは『ライダーっていうぐらいだから、何かに乗るのが得意なのかな』などと初歩的な事を考えていた。

一方で、セイバーもそんなライダーに対して賞賛の言葉を述べる。

「凄《すご》いな！　俺も馬の扱いは得意な方だと思っていたが、鐙《あぶみ》も鞍《くら》も無いのにその速さとは！」

少年のように素直な賞賛を口にする英霊を不思議そうな目で見つつ、ライダーが答えた。

「そこまで率直な賞賛は少しばかり面映《おもは》ゆいが、感謝しよう。馬を輩《ともがら》とする事は我が部族の誇りだからな」

自分よりも馬を褒められた事に喜んでいるかのように言うライダーに、セイバーが問う。

「おいおい、いいのか？　そんな真名《しんめい》のヒントになるような事を言って」

「問題はない。ここで軽々と名乗るつもりはないが、私は真名《しんめい》の開示をマスターに許可されている。それに……既に私の真名《しんめい》は『敵』に知られているしな」

「敵？　あの凄《すさ》まじい台風をここに呼んだ奴《やつ》らか？」

西の方角に目を向けながら言うセイバーに、ライダーは否定した。

「……あれは、『敵』ではない。共闘して排除すべき『障害』だ」

スッと目を伏せ、ライダーが続ける。

「私のマスターにとっての『敵』は……この聖杯戦争を仕組んだ黒幕達そのものだ」

そこで『私の』ではなく『私のマスターにとっての』と表現した事が気に掛かったが、セイバーは特にそれを追及したりはしなかった。

彼の興味は他者の争いではなく、自分がやるべき聖杯戦争なのだから。

「そうか！　仮に俺と敵になろうと味方になろうと、俺は君の健闘を願おう！」

そんな事を無邪気な笑顔で言い切るセイバーと並走しながら、ヒッポリュテは考える。

――この男……考え無しなようにも見えるが……恐らくは何処《どこ》かの将か君主だろう。

――いや、刹那的な性格だからこそ、か。

会話するのは初めてだが、ヒッポリュテは以前に一度セイバーを目にしている。

セイバーと金色の王との戦いを遠目に見ただけなのだが、敗北したとはいえ凄《すさ》まじき剣戟《けんげき》であった。

戦士ではなく、周囲の全てを把握しながら戦う将の目を持っている。

思いつきで行動しているかのようではあるが、その瞬間ごとに最適の道を選び取り、その上を神速の如《ごと》き足で駆け抜けるかのような戦い方だった。

長期的な戦略を見据える目か、あるいはその代わりとなる軍師が組み合わさっていたとすれば、恐らく広域に覇を成す存在であっただろう。

――仮に敵となったなら、恐るべき相手だ。

自分は既に聖杯を求めてはいない。

求める意味がない。

聖杯に願って意志を届けるべき相手が、この聖杯戦争において復讐《ふくしゅう》に身を捧《ささ》げた姿となって顕現していたからだ。

――そもそも、このセイバーとマスターは知っているのだろうか？

――呼び出された英霊が、願望器を満たす為《ため》の贄《にえ》として扱われるという事に。

ヒッポリュテはそこで、視線をセイバーのマスターの方へと向ける。

見た目は、十代後半から二十代前半と思《おぼ》しき女性だ。

彼女が如何《いか》なる存在なのか、ヒッポリュテは摑《つか》みあぐねている。

――この気配……。

――そもそも、人間なのか、いか……？

更に探るべきか迷ったが、その必要は無いだろうと視線を前に戻す。

間も無く湖沼《こしょう》地帯が途切れ、渓谷に差し掛かるのが解《わか》ったからだ。

——私よりも、マスターが見た方が確実だろう。

「もうすぐだ、改めて言うが、我々にさしあたって敵対の意図はない。共闘を終えた後は君達の目的次第となるが、少なくとも……なッ⁉」

言葉を途中で止め、ヒッポリュテは町の方角に目を向ける。

遙《はる》か視線の先に見える工場街の煙突。

その先端から、彼女の『敵』の気配が膨れあがったからだ。

数日前に相対した時と比べ、更に禍々《まがまが》しく変質し、ケタ違いの魔力を携えた異常な気配が。

同じくその気配を感じ取ったのか、セイバーも同じ方角に目を向けて叫ぶ。

「おいおい、なんか凄《すご》い事になってないか⁉」

セイバー達がヒッポリュテのマスターと合流するよりも先に、既に火蓋は切って落とされようとしていた。

混沌《こんとん》の先駆《さきが》けとなったのは——神へと仇《あだ》なす、弓兵の宝具。

×　　　　×

スノーフィールド　工業地区

工場地区に添えられた、一際《ひときわ》高い煙突。

ここ数日の騒動のせいか、あるいは台風の接近のせいか、工場は稼働《かどう》しておらず煙突から煙も熱も立ち上る事はなかった。

だが、その代わりだと言わんばかりに、禍々《まがまが》しくも雄々しき気配が煙突の上に湧き上がる。

「神に成り上がらんとする残響よ」

彼が握る弓に、黒い泥を想起させる歪《いびつ》な魔力が集い始めた。

強靱《きょうじん》なる霊基の中で、ヒュドラの猛毒と浸蝕《しんしょく》し合う漆黒の泥。

「武の道の終《つい》となりしこの一矢《いっし》、その洞《うろ》に焼き付けるがいい」

それを全身に敢《あ》えて巡らせながら、その英霊――アルケイデスは、神への復讐《ふくしゅう》を開始する。

「――『射殺す百頭《ナイン・ライブス》』――」

数日前に病院前の大通りでギルガメッシュに撃ち放った宝具。

しかしながら、全ての枷《かせ》を解き放ち、マスターであるバズディロット・コーデリオンの手によって限界まで魔力の供給が行われた現在、それはまったく違う姿を世界の中に顕現させる結果となった。


煙突の上という狭き足場でありながら、まるでその場に根ざしたかのように安定した姿勢で弓を引くアルケイデス。

すると、工場全体、いや、周囲の大地そのものから魔力が滲《し》み出し、煙突を伝う形でアルケイデスの身体《からだ》に吸い込まれ始めた。

まるで煙突を巨大なパイプとして大地から血を吸い上げているかのような光景。

プレラーティの宝具による幻術が剝がれ始め、周囲の工場が徐々に元の姿――ハルリのサーヴァントであるバーサーカーによって破壊された姿に戻りつつある。

だが、彼の立つ煙突だけは膨大な魔力と泥が絡《から》み付《つ》く事で崩壊は防がれ、巨大な樹木を思わせる暗黒の塔へと変貌した。

弓につがえし矢は九本。

手にするは神秘が色濃く残る時代に作られ、数多《あまた》の戦場で敵の血と魔力を吸い続けた強弓。

後にヘラクレスから受け継いだピロクテテスがトロイアの英雄パリスを撃ち抜いた事で知ら

れる魔弓でもある。

金剛不壊たるその弦《つる》は通常の英霊なら引く事すら叶《かな》わず、アーチャーとしての技術と並々ならぬ剛力をもってしてようやく扱える代物だ。

その弦《つる》を軽々と引き絞り、九つの矢を西の方角に向かって撃ち放つ。

まるで、迫り来る巨大な台風を矢で散らそうかというその所作だったが――そこに滑稽さなど感じる暇《いとま》などなく、明確な異変が放たれた矢に現れた。

黒き泥を纏《まと》った魔力は矢に塗られたヒュドラ毒の瘴気《しょうき》と複雑に絡《から》み合い、空間そのものに膨大なねじれを生み出しながら空と大地の狭間《はざま》を突き進む。

ゴウ、と、地面から砂煙が舞い上がり、放たれた矢の生み出す世界の捻《ねじ》れに取り込まれ、黒く染まりながら巨獣の姿を形作った。

ヒュドラ。

かつて自らが屠《ほふ》り去った伝説の大蛇のように、九本の矢の軌道が九つの顎となって世界そのものを食い破らんと突き進む。

一般人の目から見れば黒い砂嵐だが、魔力を少しでも感じ取れる者達には、それが如何《いか》に異常な存在であるのかを理解する事ができた。

幻術ではない、召喚魔術でもない。

常在戦場の英雄が生涯をかけて積み上げた圧倒的な技術、神気を打ち捨てる代わりに手に入れた漆黒の泥を思わせる禍々《まがまが》しき呪。そしてマスターより供給された膨大な魔力が組み合わさる事で、流派『射殺す百頭《ナイン・ライブス》』は遂《つい》にかつての宿敵を世界の中に顕現させたのだ。

無論実際のヒュドラそのものではないが、その伝説の毒竜を屠《ほふ》った者が宝具の一端として生み出した、奇跡に近しき御業《みわざ》である。

そんな物が全ての因果も法則もねじ伏せ、世界の中を突き進む。

世界の理《ことわり》を掌握しようとしている、とある『神』そのものを食い破らんと。


毒蛇達の行く末を見届ける事なく、復讐《ふくしゅう》の弓兵は次なる矢を弓につがえる。

彼の腕には、ヒッポリュテが纏《まと》っていた物と同じ、軍神の力を宿した戦帯が巻かれていた。

だが、その神の力は今や黒い泥に搦《から》め捕《と》られ、隷属するかのようにエネルギーだけを黙々と弓矢に送り続ける。

「この呪いは……我が身によく馴染《なじ》む」

自らの魔力に混ざりし異質な魔力。

世界の全てを呪い、怨嗟《えんさ》を叫び続けるが如《ごと》き魔力の奔流を見て、アルケイデスが独りごちた。

「何かしら縁があるのかも知れんが、全ては些事《さじ》だ」

何故《なぜ》か昔から知っていたような呪いの塊——自らの霊基から滲《し》み出す『漆黒の泥』の本質である『礎《いしずえ》』そのものに語り掛けるように言葉を紡《つむ》ぐ。

「如何《いか》ほどの人の業を煮詰めたかは知らぬが、本来ならば、人への呪いが本質だろう。……今はその力、我が怨嗟《えんさ》に合わせて貰《もら》うとしよう」

更なる魔力を込めながら、アルケイデスは弓を引く。

口元から黒き泥と共に血が伝った。

ヒュドラの毒によって蝕《むしば》まれている自らの霊基の限界が近い事を、彼は良く理解している。

生前に自らを自死に追いやった劇毒。

それと同じ毒が塗られた矢を、復讐《ふくしゅう》者はなんの迷いもなく撃ち続けた。

「我が亡骸《なきがら》は、くれてやろう」

まるで意志を持って蠢《うごめ》いているかのような『泥』に対し、復讐《ふくしゅう》者はまるで長年連れ添った友に対するかのように微笑《ほほえ》みかける。

「神を打ち捨て、人に戻りしこの身を存分に呪うがいい」

×　　×

ネオ・イシュタル神殿前

滅びが押し寄せる。

森の木々だけではない、周囲に満ちた神気そのものを喰《く》らいながら成長を続ける、膨大な力の奔流がネオ・イシュタル神殿へと向かっていた。

舞い上げられた砂塵《さじん》に呪いと瘴気《しょうき》と魔力が折り重ねられ、ヒュドラの如《ごと》き様相と化した風を纏《まと》う九本の矢が迫り、その背後では更なる魔力が膨れあがりつつある。

首の一つ一つがビルほどの太さになった大蛇風《おろちかぜ》が、神殿とそこに鎮座するイシュタル女神ごと呑《の》み込まんと鎌首を持ち上げた。

撃ち放たれた九本の矢は神殿の手前で一度バラバラに軌道を変えて空へと昇り、そこからホーミングミサイルのように神殿に向かって急降下を開始したのである。

直撃すれば大地を抉《えぐ》り、物理的な破壊と共に周囲に死毒と呪いをまき散らすであろう力の奔流が、暴虐の限りを尽くすべく神の領域へとその足を踏み入れた。


音速を超える速度で迫るその滅びを受け止めたのは、一人の番人と一頭の神獣。

ハルリのサーヴァントであるバーサーカーの頭上で七つの光輪が煌《きら》めき、虹色の障壁となって神殿をドーム状に覆い尽くした。

人類にとっての『災厄』を象徴する力を持った光輪の力が、暴虐を受け止める。

災厄の力を持って災厄を制す。バーサーカーは魔矢が生み出した巨大な毒蛇竜の牙をたった一体の力で受け止めていた。

当然ながら、ハルリの持つ魔力だけで賄えるものではない。

イシュタル女神の神殿の構築により、場に満ちた神力が直接バーサーカーの力を底上げしているのだ。

それでも九本の矢が弾《はじ》かれる事はなく、大蛇を模《かたど》りし呪いはその神気に満ちた災厄を食い破らんとする。


それを黙って見過ごす程、神牛の歩みは遅くなかった。


ゴウ、と、地球の大気そのものが声をあげる。

巨大な台風という形を伴って顕現せし神獣、グガランナ。

天の牡牛《おうし》と呼ばれし通り、まさしく天空そのものが落ちてくるかのような圧迫感が周囲一帯を包み込んだ。

地上に居た者達から視認できたのは、その巨大な蹄《ひづめ》の裏側のみ。

『杞憂《きゆう》』という言葉は、かつて空が落ちてくるのではという憂いに囚《とら》われた杞《き》の国の人々の故事が元となっている。

だが、この瞬間——言葉の意味は裏返った。

杞《き》の国の人々の憂いがまさに現実となったのだから。

金星と蒼穹《そうきゅう》の化身たるイシュタル女神の力と、その眷属《けんぞく》である牛の蹄《ひづめ》。


天空が、スノーフィールドの森に振り下ろされた。

×　　×

アメリカ上空

成層圏よりも更に地球から離れた天の高み。

ティア・エスカルドスは天蓋に足を、地上に頭を向けながらその瞬間を視認していた。

「……」

台風の形がわずかに歪《ゆが》み、雲の一端が膨れあがってスノーフィールドの森に伸びる姿を。

だが、彼が本当に注視したのはそちらではなかった。

そこから更に北東。

まだ雲がかかっていない、スノーフィールド北部の渓谷だ。

ティアは己の周囲に浮かぶ果物大の『衛星』をいくつか自らの眼下に並べ立てる。

すると、各衛星の周囲の空間が歪《ゆが》み、複数のレンズとなって地表近くの光景を拡大した。

魔術的に生み出された擬似的な望遠スコープを通して、中間圏の虚空《こくう》に一つの映像を浮かび上がらせる。

そこに映し出されていたのは、渓谷に立つとある集団だ。

ティアの見知った顔が、無数にあった。

だが、向こうはティアの事は知らない筈《はず》だ。

薄く感じ取っていた者はいるかもしれないが、せいぜいその程度である。

ティアにとっては他人にも等しい存在だが——

フラット・エスカルドスにとっては違った。

自らの宿主であった青年にとっての、掛け替えのない『居場所』であったエルメロイ教室。

ずっと共にあり続けたからこそ、フラットの事はよく理解していた。

彼にとって、そこに居た人間達も含めて、帰るべき場所なのだと。


「ちっ……」

ティアは周囲に循環させていた魔力を操り、ゆっくりと地上に向かって降りていく。

憂いと未練を断ち切るために始末するべきか、それともフラットが世話になった事を鑑《かんが》みて慈悲を持って接するべきか。

そんな両極端な二者択一も決められぬまま――

ティアは独り青い星と向き合い、破滅に向かうスノーフィールドに舞い戻ろうとしていた。

×　　×

スノーフィールド北部　渓谷地帯

昼間の星を見上げるように、一人の女性が青い空に顔を向けた。

雲は全て西側にある台風へと吸い込まれているかのように、この渓谷地帯の空はまだ青空が覗《のぞ》いており、その眩《まぶ》しさを遮る形で指輪をした左手を空にかざす。

「どうしたんです、メアリ先輩」

その様子に気付いたカウレス・フォルヴェッジの声に、メアリ・リル・ファーゴが視線を地上に戻しながら言った。

「いえ、ちょっと星の領域から、何かに覗《のぞ》かれたような気がしただけです」

その言葉を聞いて、横にいたイヴェット・L・レーマンが自らも空に目を向ける。

「ええー？　天体科の先輩にそんな言い方されると、ただごとには思えないんですけど⁉」

「まあ……地上が既にただ事ではないがな」

眼鏡をかけた巨漢であるオルグ・ラムがそう言うと、彼の視線の先――スノーフィールドの森の方角に、雲を纏《まと》った巨大な『何か』が振り下ろされた直後の光景が広がっていた。

大蛇を思わせる呪いと魔力の塊が、暴風と雷と神気を纏《まと》った巨大な蹄《ひづめ》らしきものに踏み潰される。

空からビルが降ってきたなどという生やさしいものではなく、ダウンバーストと共にエアーズロックがそのまま落ちてきたとでも形容すべき光景だった。

「あれがなんなのかという事については、あまり考察したくはないな」

オルグが眼鏡の位置を指で直しながら言うと、横にいた男が肩を竦《すく》める。

「教授なら即座に看破するさ。推測の中でも最悪のケースにいつも当《あ》て嵌《は》まって、存分に頭と胃を痛められる」

揶揄《やゆ》しているような言い方のフェズグラム・ヴォル・センベルンだが、彼はその後に独り言のように『そうなるのが解《わか》っていても、あの人はやりとげてしまうんだが』と呟《つぶや》いて苦笑した。

若手ながら数多《あまた》の実績を誇る魔術師達の眼前で、神代の到来とそれを否とする拒絶の力が正面から激突する。

十数秒遅れて、その結果が峡谷まで届いた。

あれほど巨大なものが天より踏み下ろされたにも拘《かか》わらず、地響きも揺れも訪れない。

代わりに世界を駆け抜けたのは、魔力と呪いの匂いを含ませた豪風だ。

秒速50ｍを超えようかという空気の流れが、砂塵《さじん》を伴って森の周囲に吹き荒れる。


「Perform a dance,《舞い踊れ》 Anywhere and nowhere《あわき空に》」


バラードを指揮するかのような手指の動きに合わせ、柔らかい声色でヴェルナー・シザームンドの詠唱が奏《かな》でられた。

すると、いつの間にか渓谷の周囲に展開されていた無数の蝶《ちょう》が一斉に羽ばたき始める。

おぼろ月を思わせる淡い光を放つ、魔術によって生み出された使い魔だ。

次の瞬間——蝶《ちょう》の羽根が生み出す緩やかな風が、車をも軽々と吹き飛ばす強風を砂塵《さじん》と瘴《しょう》気《き》ごと打ち消していく。

強固な障壁を生み出すわけではなく、か弱い使い魔の生み出した揺らぎが結界を創り出すという不可解な状況だが、周りにいた集団は特に驚いた様子を見せなかった。

その様子を見ていた監督役の神父であるハンザ・セルバンテスは、感心したように一連の魔術について推測する。

——なるほど。これが噂《うわさ》に名高きヴェルナー・シザームンドの蝶《ちょう》魔術か。

——この若さで色位になった事も含め、聖堂教会が警戒リストに載せるだけの事はある。

自らもその教会の一員なのだが、他人事《ひとごと》だと言わんばかりに楽しげな顔で若き天才魔術師、そして聖杯戦争の参加者でもある青年の様子を窺《うかが》い続けた。

周囲に佇《たたず》む者達も、皆それに近しき力を持っている事を感じ取りながら。

×　　×

数十秒前　スノーフィールド　市街地

『非常に強い勢力の台風が迫ってきています、市民の皆さん、外出は控え、可能ならトルネードと同様に地下室への避難を——』

市内のテレビやラジオでは繰り返し同じ文言の警告が流され、町中には敢《あ》えて人間の不安を呼び起こす音階で調整されたサイレンがけたたましく鳴り響いていた。

本来ならば家屋を吹き飛ばすレベルの超大型トルネードが発生した際に流されるサイレンだが、それに匹敵する災害になるという事を示す市民への警報である。

しかしながら、町の人々は疑い半分でそのサイレンを聞いていた。

確かに西側に巨大な雲の壁があるのだが、通常のハリケーン程の強風もなければ、町の頭上そのものはまだ青空が覗《のぞ》いている。

　風の音はゴウゴウと西から響いてくるが、音だけが遠くから鳴り響くのみで、風が町を蹂《じゆう》躙《りん》する事はなかった。

　寧《むし》ろ重い空気が町の中にのし掛かっているかのように感じられる。

　本当に破滅的な被害など起こるのだろうかと思いながら、何人かの住民は警告を無視して出歩き、西側の窓から巨大な雲の写真を撮影したりといった行動が見受けられた。


「なーんか、変な空気だよなあ？」

　パンクファッションに身を包んだドラッグストアの店員がそう言いながら、自宅よりも頑丈なライブハウスへと脚を向ける。

「ガス爆発だのテロだの病気だの隕石《いんせき》だの、世も末ってのはこの事かね」

　反骨精神溢《あふ》れる彼も、大災害に連続して見舞われた行政には流石《さすが》に同情をしているのか、避難指示にも特に思う所はなく『まあ、自宅のボロアパートやドラッグストアよりはマシだろう』というだけの理由でライブハウスへと向かっていた。

「あそこ、地下だからな……雨が入って来たらヤバいかも……」

　ところが、その瞬間――

「!?」

これまでとは違った凄《すさ》まじい勢いの突風が町全体に吹き荒れ、町が一瞬でその風に運ばれてきた雨と土煙の色に染め上げられる。

「うおお⁉　急に来やがっ……ちょっ……いや、マジかこれ⁉」

人生において、初めて遭遇するレベルの暴風。

パンク青年は慌ててライブハウスの入り口まで駆け寄ろうとしたが、身体《からだ》が風に煽《あお》られて脚を縺《もつ》れさせてしまった。

そして、彼の眼前に風に飛ばされたと思《おぼ》しき無人の車が転がって来る。

「あっ……やっべ……」

自分の死を覚悟したパンク青年。

だが、その前に一つの影が現れ、パンク青年を抱えて跳躍した。

転がって来た車を踏み台として飛び越え、そのまま適当な建物の傍《そば》へと運ぶ人影。

それは、一人の警官だった。

「大丈夫か⁉　すぐに中へ！」

「お、おう」

何が起こったか解《わか》らず、目を瞬《しばたた》かせたパンク青年。

「あー、その！　……あ、ありがとよ」

明らかに人間離れした動きをした警官に混乱したが、青年は困惑しつつも礼を言った。

すると、自分でも謝意を示されると思っていなかったのか、警官も一瞬目を丸くした後に青年に向かって笑いかける。

「気にするな、これが仕事だ」

コードネーム『二十七人の怪物《クラン・カラティン》』の一人であるジョンは、市民を助けた後にそのまま暴風に呑《の》み込まれた町の中を駆け続ける。

「神秘の秘匿に引っかからないよな？　今ぐらいのなら……」

風に煽《あお》られて身体《からだ》が浮いたと誤魔化そうと心に決めながら、ジョンは力を緩める事なく脚を動かした。

警察署長のサーヴァントであるデュマの宝具により、一時期とはいえ人間を超える力を手にしているジョン。

その扱いは数日《すうじつ》経《た》った今でも完全に慣れきったわけではなく、尋常ならざる強敵との戦いの中では自然と振るえていた力が、戦闘から離れた今は持て余し気味になってしまっていた。

現在ジョンと数人の仲間は、町の中を巡回しながら神秘の秘匿として市民を速やかに避難させる為《ため》の行動に努めている。

あと1日で、この町に破壊が訪れるという話は聞かされた。

だが、それを防ぐ為《ため》に最後まであがくと署長は告げる。

ジョンは魔術師であるが、それ以前に自分は警官だと考えていた為《ため》、署長のその決断が何よりも嬉《うれ》しかった。
嬉《うれ》しかった。

——「君達は、正義だ」

この戦争に身を投じる時に言われたあの言葉が、今でも自分の支えとなっている。
短い期間に起きた様々な出来事が、ジョンが暴風雨の中を走り続ける力の源となり、また理由そのものであると言えた。

——「君は、衛宮切嗣《えみやきりつぐ》が憎いかい？」

ふと、ジョンは誰かの声を思い出す。
あれは、誰の言葉だったであろうか。
署長室の前で出会った気がする。
少女だったような気もするし、少年だったような気もする。

——「君の母親の乗った飛行機」

――「事故じゃない」――「テロでもない」

――「落としたのは」――「魔術使い」

――「偽装」――「隠蔽」


様々な言葉を投げかけられたような気がする。

こちらを惑わし、混乱させるような声だった。

ジョンは暴風雨に晒《さら》されながら、そして時には人を助けながらも、思考の片隅に過去の記憶が蘇《よみがえ》り始める。

あの言葉を聞いた時には、魂が揺さぶられるような気がした。

憎しみに囚《とら》われそうな気がした。

だが、全て乗りこえた。

署長のお陰だ。

だからこそ、自分はまだ闘える。

あの人が街を守れと言ったから？

違う、これは自分が選んだ道だ。

ジョンは心の底からそう信じ、ただ前へと進み続ける。
身体《からだ》が軽い。
自分の身体《からだ》が自分のものではない様な気すらしてくる。

だから、大丈夫だ。
俺は、俺じゃなくなっても。
人ではない何かになっても、きっと。
きっと、街を護《まも》り続ける。

そんな事を考え続けるジョンは、気が付いていなかった。
自分自身が、どのような状態となっているのかを。

今は、まだ。

×　　×

渓谷地帯

「それにしても、随分と効率が上がっているようですわね。私が最後に見た時から何か特別な修練を積んだわけではないのでしたら。少々厄介な状況ではなくて?」

周囲に展開された『蝶《ちょう》の結界』の様子を見たルヴィアゼリッタ・エーデルフェルトが問う。

効率が上がるのに厄介であると奇妙な事を言うルヴィアに対し、ヴェルナーは肯定の意味を込め表情を引き締めながら頷《うなず》いた。

「ああ、私の魔術は今、最高に近い仕上がりを見せている。最悪だな」

それを受けて、森の方を見つめたまま遠坂凛《とおさかりん》が声をあげる。

「ヴェルナーの魔術が絶好調って事は……もうこの辺りも曖昧になり始めてる……って事ね」

シザームンド家の蝶《ちょう》魔術は、芋虫が蛹《さなぎ》を経て蝶《ちょう》になるという『まったく別の生物へと変化を遂げる神秘』を基軸としたものだ。

万象が切り替わる曖昧なる瞬間、確かなるものと確かならざるものの『あわい』を支配する事で世界に干渉する魔術である。

その魔術が『最高に近い仕上がり』という状況は、一つの可能性を示唆していた。

凛《りん》は忌々《いまいま》しげに森を見ながら、その事実を口にする。

「放っておいたら、本当にこの世界が塗り替えられる《終わる》わよ」

森の中の神殿を中心として、人間の世界が徐々に変質を始めていた。

今はまだ魔力の質と空気感だけだが、これは徐々に物質的な領域にまで影響を及ぼし、このまま行けばあの神殿を起点に世界を蝕《むしば》む『特異点』が生じる事であろう。

だが、事態はそれだけでは終わらなかった。

続けざまに町の工場街あたりから撃ち放たれた魔矢が、再び大蛇の如《ごと》き呪いを纏《まと》いながら巨大な『脚』へと絡《から》み付《つ》いたのである。

まるで、一射目の九本の矢は様子見——あるいはあの『脚』を誘い出す為《ため》の餌に過ぎず、ここからの本格的な侵攻だとでも言うかのように。

「うわー、なんていうか、来たのを後悔しそうになるねー」

「でもこれ、来なきゃ来ないで後悔する奴《やつ》じゃん？」

「まあね！　こんなの、滅多に見られるもんじゃないし」

町の西側で繰り広げられる異様な光景を見ながら、ラディアとナジカのペンテル姉妹がそんな言葉を囁《ささや》き合う。

すると、それを聞いたルヴィアが、どこか優雅とすら思える調子で肩を竦《すく》めた。

「あら、先生のフィールドワークに同行すれば、この手のモノは割と頻繁に見られますわよ？」

「ほんと、先生はわざとやってるのかってぐらいこういうのを引き当てるわよね……」

何か思い当たる事があるのか、同意するように愚痴を零《こぼ》す凛《りん》。

そんな会話から少し離れた所で、獣と爬《は》虫類《ちゆうるい》の気配を漂わせる若者達が会話をしていた。

「空から降りてきた脚の方は、間違い無く神獣の類だ。水みたいに透き通ってる癖に、何もかも捻じ伏せる匂いがここにまで届いてくる」

「……蛇の方は、全ての蛇毒と蛇呪の祖とでも言うべき存在かもな」

「それは……お前の使い魔達が言ってるのか？　ローランド」

「俺の蛇達《世界》が悉《ことごと》くアレに怯《おび》え、讃《たた》え、憎み、崇拝している。……面白い」

クツクツと笑うローランド・ベルジンスキーの言葉を聞き、獣の少年――スヴィン・グラシュエートは、神の時代の獣同士の争いを真剣な目で見据えながら言葉を紡《つむ》ぐ。

「あいつらが場をとっ散らかすせいで、あのバカの匂いがたどれない」

「どの道、この土地……いや、この聖杯戦争から退去して頂くしかないだろう？」

ヴェルナーがそう言うと、凛《りん》が大きく息を吐き出しながら、疲れたように言った。

「監督役に参加表明して最初にやる事が神様との喧嘩《けんか》とはね」

何か、現在の空気と自分の存在が妙に馴染《なじ》むような違和感を覚えつつ――凛《りん》は己の師や、かつて海賊時代に拾った青年、そして彼らに連なる一連の事件を思い出しながら独りごちる。

「本当に……先生は、意図的に神秘を狩り尽くすつもりなのかしらね？」

×　×

ネオ・イシュタル神殿　上部

「……」

「如何《いかが》なさいました、イシュタル女神様」

眼前の喧噪《けんそう》を無視して、北東に視線を向けるイシュタルを見てハルリが尋ねた。

「んー……気のせいかしら。妙な気配を感じたけど……この時代に私と縁がある人間なんている筈《はず》無いし、もしかしたらウルクの民の子孫でもいるのかしら？　どの道、些事《さじ》だけど」

軽く肩を竦《すく》めた後、どうでも良《い》い事だとばかりに気持ちを切り替える。

「それにしても……」

視線を神殿の前に向けながら、イシュタルが言った。

「勿体無いわね」

空から踏み下ろされた自らの眷属《けんぞく》の前足。

その神気で構成された肉を食い破らんと絡《から》み付《つ》く大蛇の群れを見ながら、フィリアという依《よ》り代《しろ》に降臨している女神が呟《つぶや》いた。

「復讐《ふくしゅう》者に堕《お》ちていなければ、純粋な神性だけで同じ事ができたでしょうに」

神代の大蛇を模《かたど》る魔矢をこちらに撃ち続ける英霊の気配を感じ取った彼女は、怖《おそ》れるでもなく、警戒するでもなく、尊大ですらなく――

ただただ、傍観者としての感想を口にする。

「まあ、西の土地の神々《居候達》、変わり者っていうか、やたらと身勝手で憎愛を人間に押しつけるようなのが多かったから……あそこまで深く歪《ゆが》むのも、ある意味仕方がないのかもしれないわ」

「星見の山《オリュンポス》に支配されてた人間達も、価値観の違いに振り回されて大変だったでしょうね」

×　　　×

クリスタル・ヒル　最上部
クリスタル・ヒルの屋上において、エルキドゥが静かに呟《つぶや》いた。
「……『アレ』は、紛れもなく神々の一柱だよ。どうしようもない程にね」

周囲では暴風が唸《うな》りをあげているが、クリスタル・ヒルの上部はティーネの組織の魔術師達が生み出している結界によって幾分風の影響が軽減されている。

背後に立つのは、初めて顔を合わせる魔術師だ。

ゴーグルを付けている、サメのような牙が特徴的な女性。

彼女は『不本意だが』と付け加えた上で、サーヴァント・ライダーのマスターだと言った。

だが、素っ気なく扱う程ではないにせよ、エルキドゥにとっては殊更驚くような事でもなかった。

この場に近づいて来る気配の質からサーヴァントと繋《つな》がりを持つ者だという事は解《わか》っていたし、敵意が無い事も既に把握している。

だからこそ、彼女が共闘してでも排除したい敵として示した存在——町の西にいる『神の一派』について淡々と言葉を連ねたのだ。

淡々としていたのはあくまで声色だけで、言葉の内容には隠しきれぬ刺々《とげとげ》しさが含まれていたのだが。

「嫌がる子供を無理矢理宝石で飾り立てて虚栄心を満たす親というのは、この時代にも居るのかな？　大体それに近いと思えばいいよ。自分を潤す為《ため》の行動が、本気で相手の為《ため》にもなっていると思っている。そもそも話が通じているだけで、何も理解するつもりもなければ、その必要があるとすら思っていない存在さ」

涼やかな顔でそんな言葉を口にするエルキドゥに女魔術師は訝《いぶか》しんだが、エルキドゥは構わずに言葉を続けた。

「本人であろうと、星に染《し》みついた残滓《ざんし》だろうとそれは変わらない。だからこそ、僕はあの女神を……神殿を否定しないといけない」

そして、流れるような動きで『それ』をビルの屋上に生み出した。


エルキドゥの足元から生み出される鉱物と木が、黄金色の鎖を巻き込みながら一つの巨影を造り上げて行く。

唐突に組み上げられていく光景だが、あまりにも自然な流れであり、エルキドゥのこれまでの言葉や佇《たたず》まいも全て工程の内だったのではないかと見る者に錯覚させた。

実際にその流れを目にしたのはライダーのマスターだという女性魔術師と、見張りの為《ため》に屋上の入り口にいたティーネの部下達、そしてエルキドゥのマスターである狼のみ。

だが、生み出された『それ』そのものの姿は、実に多くの者が目にする事となった。

街の一般人からすれば、仮に暴風雨の中でクリスタル・ヒルを見上げたとしても、『屋上がぼんやりと光っている』ぐらいにしか見えないだろう。

街にまだ残り続ける在野の魔術師達は、その濃密な魔力にまず気を取られ、顕現したものが何であるかと判断する事には時間を要した。

魔術で生み出す物体としては、異様であり、さりとて『絶対にない』とは言い切れぬもの。

そして、その巨大さ故に――北の峡谷にいるエルメロイ教室の面々も、移動中のセイバー達も、そして西の森の神殿に威風堂々と佇《たたず》んでいる女神までもが『それ』を明確に視認した。


森の中の女神が、顔から表情を消して言う。

「……あのガラクタ、どこまでもバカにしてくれるじゃない」

渓谷にいる魔術師達が、呆《あき》れたように言う。

「ちょっと、まだ他にあんな無茶する奴《やつ》がいるわけ⁉」

砂漠地帯に居た黒幕の一人が、腹を抱えて笑い出す。

「うそうそ、最っ高！　あれってメソポタミア流のジョークかな⁉　でもメソポタミアにあんなの無い筈《はず》だよねえ？」

地下で観測を続けている別の黒幕が、安堵《あんど》の息を漏らす。

「住民の大半が窓を閉じた後で良かった、と言うべきでしょうかね。暴風雨が起こった事に感謝する事になるとは……」

　だが、最も劇的に反応した存在はそのいずれでも無かった。

　街の東の湖沼《こしょう》地帯に向かって移動をしていたシグマ。

　彼本人ではなく、その傍《かたわ》らに顕現する、老船長の姿をした『影法師』だった。

「……おいおいおいおいおい、マジかよ！」

「？　どうした」

　いつになくハイテンションになっている『影法師』の老船長を見て、シグマが訝《いぶか》しげに問う。

　彼にもクリスタル・ヒルの屋上に現れたそれは視認できていたのだが、取りたてて驚くようなものではなく——背負った弩弓《どきゅう》の事を思い出したぐらいだった。

　しかし、老船長は説明する事もないままゲラゲラと笑い出し、それでいてどこか悔しそうにその目を歪《ゆが》ませる。

「とんだ皮肉だ……。よりにもよって、ウォッチャーの……あの忌々《いまいま》しい奴《やつ》の真下で！　影法師とはいえ、この俺が見てる前で！　あれを、あんなもんを組み上げやがったってのかよ！」

　笑い続ける男の視線の先、街で最も高いビルの屋上に根ざすように生み出された物は——

　ビルの屋上からはみだす程に巨大な、一基の捕鯨砲《ハープーン・キャノン》だった。

「相変わらず、酷《ひど》いノイズだ」

その現実離れした巨大な武装が出現したクリスタル・ヒルの屋上で、エルキドゥは西から溢《あふ》れ出《だ》す凄《すさ》まじい神性を前に、目を細めながら呟《つぶや》いた。

「そのおかげで、あの子の声が聞こえない」

普段浮かべる涼やかな笑みは消えており、どこか悲しげで、エルキドゥにしては非常に珍しく、人間らしい苛立《いらだ》ちを交えたように目を細める。

「傲慢を押しつけ、人の理《ことわり》が進むのを止めようと言うなら、それは獣だ」

澄んだ声色のまま、エルキドゥは純粋なる怒りと憎しみを口にした。

「人類悪《ビースト》の獣とは違う。あれほど尊く慈愛に満ちたものじゃあない。今の君は、人理にとっても、星にとっても……ただの害獣だ」

涼やかな表情で辛辣な言葉を続ける英霊は、自らが生み出した『それ』に手を添えながら、言葉を紡《つむ》ぎ続ける。

「そういう意味で、これは本来『害獣』用ではないのかもしれないけれど……」

土色の狭間《はざま》に黄金色の紋様が輝く、ウルクの城砦《じょうさい》を想起させる荘厳《そうごん》な捕鯨砲。

その台座に手を添え、己の身から湧き出す神性混じりの魔力を注《そそ》ぎ込んだ。

「人類が生み出した叡智《えいち》と業の結晶を借り受け、僕はここに告げよう、イシュタル女神」

対話など必要ない。

そんなものは数千年前に既に終えているのだとばかりに、エルキドゥはただ断言した。

自らが成すべき事を成す為《ため》に、普段の自分が使わぬ言の葉を誓約代わりとして。


「……君はもう、黙れ」

刹那——

轟音《ごうおん》と輝きがクリスタル・ヒルの屋上を包み込み、暴風と豪雨を弾《はじ》き飛《と》ばした。

ハープーン・キャノンから撃ち出されたのは、それこそ弾道ミサイルさながらの巨大な銛《もり》。

銛《もり》の後部には、やはり同じぐらい巨大なパーツが組み連ねられた金の鎖が繋《つな》げられていた。

エルキドゥが普段生み出す武具と同じ性質の鎖であり、銛《もり》と鎖は一筋の光と化して、暴風雨を切り裂きながら西の空へと金色の虹を生み出した。

正しくそれは攻撃であると同時に、神代の空気へと塗り替えられ始めた世界に架けられた光の橋。

巨大な銛《もり》は神の支配と暴虐の象徴たる風災を貫きながら、ただ西へ西へと突き進んだ。

まるで、無限に湧き出る軍勢を一騎駆けで切り裂いていく英雄であるかのように。

×　　　　×

ネオ・イシュタル神殿

「ほんっ……とうに、敬意の欠片《かけら》もないわね……」

目を据わらせながら言うイシュタル女神は、静かに手を掲げて迫り来る巨大な銛《もり》へと翳《かざ》した。

彼女の周囲、神殿を基礎とした空間から凄《すさ》まじい規模の神性が放たれ、世界の『空気』をより色濃く塗り替えていく。

だが、先だって打ち込まれたミサイルなどとは違い、その速度が緩む様子はない。

エルキドゥの身体《からだ》は元より神造の兵器であるが故に、神々にも影響を与える性質を持ち合わせている。

人間に神の力を行使する為《ため》の力が今、神を拒絶する力となって突き進んだ。

「無礼よ、ガラクタ」

しかし、イシュタル女神もそれは百も承知の上。

彼女が己の魅了によって支配したのは、正しく『空気』そのもの。

グガランナの暴風により流れ込む風を圧縮、静止させ、粘性を持った気体へと変じさせる。

彼女は天空の化身。

その元にある全ては彼女に隷属し、身体《からだ》の一部と化す。

まるで大気圏に突入する隕石《いんせき》のように、こちらに飛ぶ巨大な銛《もり》が高熱に包まれ、空気そのものが変色した。

それでもなお、エルキドゥの宝具たる『民の叡智《エイジ・オブ・バビロン》』が生み出した重い一撃を消滅させるには至らない。

銛《もり》は煌々《こうこう》と輝きながら、速度を落としつつもイシュタル女神が新たに生み出しつつある『神の時代』を食い破り続ける。

まだその銛《もり》はどこにも到達しておらず、拮抗《きっこう》を続けているままだが——第三者として攻撃を仕掛けたという事実は、戦場に影響を及ぼすには充分であった。

×　　　×

工場街
煙突の上から毒蛇の魔矢を放ち続けるアルケイデスの目が、空を駆ける光の鎖を捉える。

「……神ではなく、その遺物か」

空気そのものが変質した事で、後から継続的に撃ち放っている矢の威力も落ちていた。

だが、彼は構う事なく、膨大な魔力を用いて数の暴力を行使する。

九頭の毒蛇が次々と神殿へと襲い掛かるその光景は、まるで黒い洪水だ。

そして、アルケイデスの次なる一手が——それを形容ではなく事実へと変じさせる。

鎖の伸びる先、イシュタル女神の神殿と、自らの生み出した巨蛇が絡《から》み付《つ》く『天の牡牛《おうし》』を睨《ね》め付《つ》けながら。

「アウゲイアスと運命を共にするがいい。家畜共々な」

同時に、彼は自らの宝具である『十二の栄光《キングス・オーダー》』を発動させた。

次に撃ち放った矢から生み出された毒蛇の写し身が、森に到達した瞬間、水風船が弾《はじ》けるかのように破砕する。

そして、まさしく黒い濁流へと変化して、森そのものを呑《の》み込み始めた。


アルケイデスが生前に行った難行の一つ、『アウゲイアスの家畜小屋』。

三千頭もの牛を放り込みながら数十年手付かずの巨大な厩舎《きゆうしや》を1日で綺麗《きれい》にしろという、難行というよりは嫌がらせに等しい代物だ。

それを命じた上に約束を反故《ほご》にした王は、最終的に討ち取られる事になるのだが——それはこの逸話の本質ではない。

彼が建築以降一度も現れていないという牛小屋を1日で清掃した方法は、実に単純だが、まさしく常識外れのものだった。

牛小屋の近隣に流れる二つの川の流れを力尽くで変え、その濁流を直接厩舎《きゆうしや》のある土地へと引き入れたのである。

それを成した凄《すさ》まじい力の象徴として、彼が奪い取った濁流そのものを宝具の力をもって再現し、そこに毒蛇の瘴気《しようき》と『泥』の魔力を注ぎ、黒い洪水として森に流し込んだのだ。

×　　×

？？？


『彼』は、荒れ狂う魔力の流れの中で暫《しば》し考える。

世の中の全てを知っているわけではない。

寧《むし》ろ知らぬ事の方が多い。

なんのために生きるのか、その理由すら彼は知らない。

実際の所、多くの生命は元よりその答えを持ち合わせていないのかもしれないが——彼は、そんな事など考えすらしなかった。

生きる為《ため》だけに、己の身体《からだ》と心の全てを燃やし尽くさんとした。

理由など考えるまでもなく、本能が生み出す純粋なる願いとして彼は『生きる』という叫びを上げ続けた。

だが、今はどうか？

結果呼び出されたモノの力により、彼は生きながらえた。

純粋なる殺意は彼の前から消え去り、多くの障害からは出会ったモノ——『サーヴァント』と名乗った存在が守ってくれる。

そこで初めて、彼は安寧というものを味わった。

故に、神経回路に猶予が生まれる。

彼は静かに考えを巡らせ始めた。


本能ではなく、思考。

衝動ではなく、理性。

自我が芽生えてから初めて『命の危機』を感じずとも済む状態になって、彼は初めて考え始めたのである。

己が何者かという事と、自分がなんの為《ため》に生きているのかという事を。

ある日、森に二体の生き物がやってきた。

『サーヴァント』と良く似ている形をしたもの達。

だが、彼は気配ですぐに理解する。

一体は、恩人である『サーヴァント』と同じような存在だが、もう一体は自分と同じような存在であると。

敵意も無かった事から、自分の同類だと判断した個体の方に身を寄せつつ、彼は『サーヴァント』達の会話を見守っていた。

すると、『サーヴァント』達が戦いを始めた。

横にいた同類は酷《ひど》く慌てていたが、彼はお互いに殺意が無い事を理解していたので、ただ不思議そうにその光景を眺め続ける。

『サーヴァント』達に、凄《すさ》まじい力がある事は理解していた。

あれほどの力があれば、自由に大地を駆け巡る事ができるのに、どうしてそれをしないのだろうと不思議に思う。

後日、疑問は不安へと入れ替わる。

ある時を境に、周辺の土地に奇妙な気配が現れた。

包み込まれるような安堵《あんど》と、逆らいがたい恐ろしさを同時に感じさせる気配が。

それを感じ始めた頃から、『サーヴァント』の気配に変化が現れた。

顔も言葉も、普段通り何も変わらない。

森や土の中に自分の気配を染《し》みこませており、穏やかな笑顔を浮かべているように見えたのだが、常に何かを耐えているような気がしてならなかった。

ほんの僅か。

感じられるかどうか解《わか》らぬ程の些細《ささい》なものではあったが、彼は感じ取っていたのだ。

『サーヴァント』の中、自分自身の主人が、武器を持って自分を追い回していたのと同じ気配
——憎しみと殺意が渦まいている事を。


やがて、街を包み込む『暖かいけれど、とても怖い気配』が強くなり——『サーヴァント』の中に悲しみのような感情が生じるようになった。

表情は、やはりいつもと変わらない。

声も態度もいつも通りで、常に自分を守ろうとしてくれている。

ビルの屋上で、物凄《ものすご》い力の塊が迫り、土地が暴風雨に包まれているこの瞬間でさえ——

『サーヴァント』は、常に自分の味方をしてくれていた。

ここに来て、『彼』はようやく理解する。

自分は、『サーヴァント』にとっての檻《おり》であり、鎖なのだと。

己が『魔術師』という生物に鎖を付けられ、檻《おり》に閉じ込められていたのと同じであると。

『サーヴァント』には、『やりたいこと』があるのだと。

しかし、自分がいるから——自分の命を守ろうとしてくれているから、『サーヴァント』はそれを思うようにできないのだ。

それに気付いた瞬間、『彼』の中に新しい感情が湧き上がる。

人間でいうところの、悲しみのような感情。

己に対する怒りであるとも言えた。

己の創造主に殺されかけても尚《なお》『怒り』を覚えなかった彼は、今、創造主と同じ事をしてしまっている自分自身に腹をたてる。

生きる事だけに必死だった頃には、感じる暇もなかった事だ。

己の願いは、夢は、もう叶《かな》った。

生き続ける道を、『サーヴァント』は示してくれた。守ってくれた。

ならば、『その次』は？

彼は、芽生えた自我の中で必死に考え込んだ。

自分に願いというものがあるとするならば。

生きる理由というものがあるとするならば。
それは正しく、目の前にいる生命体を自由にする事だ。
己が他者の枷《かせ》になるという事が、『彼』にはどうしても許せなかった。
だからこそ、彼は最後まで見届けたいと思い、その足を『サーヴァント』へと向ける。
『マスター』としての願望を、サーヴァントに告げる為《ため》に。
彼は、その足を一歩前へと踏み出した。
逃げる為《ため》ではなく、本能とはまた別の、明確なる意志に従って生き抜く為《ため》に。
未《いま》だ何も解《わか》らぬ世界と——あるいは、己自身と戦う為《ため》に。

×　　×

クリスタル・ヒル　屋上

発射の余波で吹き飛ばされそうになったゴーグル姿の女性魔術師やティーネの部下達だが、ビルの屋上から湧き出した黄金の鎖が皆を搦《から》め捕《と》り、ビルの屋上から落ちぬよう保護された。
「……これが、本気を出した英霊の力か……」

ゴーグルをした魔術師——ドリス・ルセンドラは、喜びと悔しさが入り交じった瞳でその強大なる力を解析しようとしていた。

彼女は遠坂凛《とおさかりん》に敗れ、マスターとしての権利をエルメロイ教室に譲り渡している。

だが、『最初に令呪が宿った者を触媒にした方が安定する』という理由で、彼女もライダーのマスターの末席として一党に加えられていた。

無論、厳格な魔術誓約を交わした上に、令呪そのものの共有はしていないのだが。

そんな彼女が驚愕《きょうがく》していたのは、英霊の力だけではない。

このレベルの構築を可能にする、魔力の供給源だ。

——これ程の魔力をサーヴァントに流し込んで、尚《なお》も余裕だというのか……。

仮に自分であれば、この捕鯨砲を生み出させるだけで魔力が枯渇《こかつ》していたかもしれない。

宝具を連発させる事ができる存在など、それだけで通常の魔術師からすれば理外の存在だ。

ドリスはそう考え、エルキドゥのマスターへと視線を移す。

そこに居たのは、自分達と同じように、エルキドゥの鎖によってその身を屋上に固定されている、一匹の合成獣であった。

エルキドゥのマスターである銀狼《ぎんろう》は、鎖に守られたままエルキドゥにそっと寄り添い、何かを案じるようにエルキドゥの服を口に咥《くわ》える。

「……ああ、すまない、マスター。不安にさせてしまったね」

素直に謝罪しながら、エルキドゥは銀狼《ぎんろう》の頬にそっと手を添える。

「安心して欲しいマスター。君の命は僕が守る。君が望むなら、僕はここに残るし……もしも僕に何かあったら、ここの最上階にいたあの女の子に……」

何かを伝えかけたエルキドゥの口が止まった。

銀狼《ぎんろう》が強くエルキドゥの裾を引き、これまでに無く強い瞳でエルキドゥを見つめている。

その意図を汲《く》み取《と》ったエルキドゥは、膝をついてマスターである銀狼《ぎんろう》と視線の高さを合わせながら言った。

「僕の事を気遣う必要はないよ、マスター。僕は道具だ、使い潰される為《ため》に生まれて来た存在だし……何より、この儀式が終われば消え去るだけの存在だ」

銀狼《ぎんろう》に対して語り掛ける姿はどこか奇妙にも見えたが、エルキドゥという存在を知る者達ならば、それがその英霊にとって自然な姿であると納得する。

エルキドゥという英霊は、マスターとなった相手が人であれ精霊であれ合成獣であれ、常に自分が『道具』であると位置づける存在だった。

己が神より道具として生み出された存在であり、それ故に神々では理解し難《がた》い『人』の模倣に至る事ができるのだと理解している。

だからこそ、現在の自分にバグが生じている事も理解しているし——その原因が、西から湧き上がる神性と、その傍《そば》に付き従う一柱の英霊であるという事も自己分析はできていた。

それを加味した上で、エルキドゥはマスターにとっての最善とそのバグの修正を両立できる手法を合理的に選んだ。

選んだつもりだったのだが、マスターである銀狼《ぎんろう》が異を唱えた事は想定外である。

「……」

銀狼《ぎんろう》の意図を察し、エルキドゥは静かに言葉を紡《つむ》ぎだした。

「君は、君の願いを……生き続ける事だけを考えるべきだ。僕はその道具としてここに在る。だからマスター。僕がこの世界への、君への脅威を排除するまでは安全な場所に……」

その言葉が、再び遮られる。

今度は、マスターである銀狼《ぎんろう》のうなり声によって。

かつて『生きる』とだけ願い、瞳に強い意志を灯《とも》しながらエルキドゥを引き寄せた銀狼《ぎんろう》が果たして何を思うのか。

暫《しば》し、両者は沈黙したまま見つめ合う。

銀狼《ぎんろう》と英霊として。

合成獣と神造兵器として。

そして、マスターとサーヴァントとして。

ほんの数秒の時間だったが、それで充分だった。

全てを理解したエルキドゥは、そっと銀狼《ぎんろう》を抱きしめながら言った。

「ごめんよ、マスター。確かに僕は、あの古い女神と……古い友達を前にして、自分が道具である事を忘れかけた」

「……」

「でも、君は……その事じゃなく、僕が道具に戻ろうとする事に怒るんだね」

穏やかだが、僅かな悲しみと喜びが込められた声でそう言うと、エルキドゥは自らのマスターに対し、感謝でもあり、懺悔《ざんげ》でもある言葉を告げる。

「ありがとう、マスター……行ってくるよ」

銀狼《ぎんろう》と出会った時と同じ、柔らかい微笑《ほほえ》みだった。

マスターである銀狼《ぎんろう》は、当時瀕死《ひんし》であったが故にその顔をまともには見ていない。

それでも——出会った時と同じ色の気配を感じた銀狼《ぎんろう》は、恐らくはこれが別れになるかもしれないと、だからこそエルキドゥは自分と出会った時と同じ顔をしているのだろうと理解していた。

銀狼《ぎんろう》は最後にもう一度エルキドゥを見つめた後、荒れ狂い始めた空に向かって己の遠吠《とおぼ》えを朗々と響かせた。

「どうか……君の生命は、君の思うままに」

それだけを告げ、エルキドゥは空に向かって跳躍する。

見送る銀狼《ぎんろう》は、尾を振る事もなく、唸《うな》る事もなく、ただその背を見つめていた。

僅かな間なりとも共に生きた存在が、自由に『生きる』為《ため》に飛び立つ姿を。

銀狼《ぎんろう》は、理解している。

世界がどのような道を迎えようとも、自分の運命はさほど変わらないと。

すぐに消え去ると言ったエルキドゥと同じく、長く生きる事の叶《かな》わぬ命であると。


数ヶ月か、数週間か、数日かは解《わか》らない。

そもそも、暦という概念も知らぬ銀狼《ぎんろう》にとって、それらの単位は同じ事だった。

彼にとって重要だったのは、エルキドゥが『生きる』姿を見られた事。

家族、友、主従。

合成獣として生み出された銀狼《ぎんろう》は、そのような概念は知らない、理解するつもりもない。

ただ、彼が知るのは――『マスター』と『サーヴァント』としての関係のみ。

どちらが上か下かなども知らなければ、興味もない。

エルキドゥは自分を道具として使えと言ったが――今、『サーヴァント』という言葉におけるその意味合いは銀狼《ぎんろう》が自ら否定した。

マスターとサーヴァントという単語から意味が全て消え去り、ただの言葉の羅列に堕したとしても、銀狼《ぎんろう》にとっては『ただ、傍《そば》にいてくれた』という事だけが、唯一にして絶対の関係である。

自分が生きる理由としては充分だ。

生きた理由としては充分だ。

だからこそ、銀狼《ぎんろう》は見たかっただけなのだ。

エルキドゥと名乗ったあのサーヴァントが、彼女《かのじょ》だけの理由で『生きる』姿を。

いずれ自分が命を終える瞬間に、『共に居た』ではなく『共に生きた』と言う為《ため》に。

歴史に記されるような冒険を共にしたわけでもない、深い愛を育んだわけでもない。

それでも、尚《なお》——

僅か数日共に過ごしただけの存在を見送る銀狼《ぎんろう》の佇《たたず》まいは、どこか誇らしげに見えた。

幕間
『Backroom rhapsody』

スノーフィールド東部　湖沼《こしょう》地帯

「俺の時にアレがありゃ……とは言わんさ。あれは神の力で造り上げたものだからな、アレで俺が奴《やつ》を蹂躙《じゅうりん》したとしても、それは俺の……人間の勝ちにはならねえ」

老船長の『影法師』が、どこか悔しそうに、それでいて心の底から愉快そうに笑うのを聞いて、シグマは「良く解《わか》らないが、楽しそうに笑えるのは羨ましい事だ」などと考えていた。

「まあ、俺達『影法師』は複写に過ぎねえ。本物がここにいたらそう反応するだろうって行動を『ウォッチャー』が再現してるだけだ。あの野郎はいちいち計算なんざしねえから、ただの魔術機構みてえなもんだが」

「……第三者の俺からすれば、それは本物と会話するのと変わらない」

するると、翼を身につけた青年の姿になった『影法師』が、警告するように言った。

「いいのかい？　それじゃ幻術で僕達の偽物《にせもの》が現れた時に、簡単に騙《だま》されるかもしれないよ？」

「騙《だま》す理由として第三者の意図が絡《から》むなら、それはもう他人だ」

「なるほど。そういう考え方をするんだね、君は」

「本物だろうと、裏切る時は裏切るからな。哲学的ゾンビがどうこう言うつもりはないが、俺は魔術の素養も薄い。相手が本物かコピーかより、その瞬間ごとに、相手が俺にどう影響を与えたか。それが全てだ」

そう言いながら、シグマは二つの正反対の人物を思い浮かべた。

一人は、生きた人間であり、幼い頃から共に過ごしていたラムダ。

もう一人は、『影法師』と同じく、座からコピーされた存在であるアサシンのサーヴァント。

前者はシグマが全く気付かぬ内に裏切り、なんの感慨も無く返り討ちにした。

後者は、出会ったばかりだというのに、彼女自身の信仰、あるいは信念に基づき、魔物達と共闘する結果となった。

出会った時こそ殺されかけはしたものの、昨日別れた時には『最後まで人々を救う』と言っており、あまつさえ、こんな自分に笑顔すらむけてくれた。

コピーと本物に差などない。

それどころか、子供の頃の『指導者』達と比べれば、複写である影法師達の方がよほど人間味があるぐらいだとシグマは感じていた。

本物か偽物《にせもの》か、あるいは単なる魂の複写であるのか。

そんな小難しい事はどうせ自分には解《わか》らない。

ならば、相手が何者であれ、その関係性から生み出された結果だけが本物だ。

世界中のコメディアン達のビデオをすり切れる程に見てきたシグマは、ふと考える。

あのビデオの数々も、極論を言ってしまえば複写だ。

しかもシナリオに沿っているものすらあり、二重の意味で本物ではないのかもしれない。

だが、コメディを好ましく思っている自分は、ここに立つ自分は偽物《にせもの》なのか？

仮に偽物《にせもの》によって自我を形成した場合、この自分の感情は、自我はどう判じられるのか？

暫《しば》し考え、シグマは無駄な事だと首を横に振った。

元よりシグマは、自分自身すら信用できぬ性分である。

自分が本物であろうと偽物《にせもの》であろうと、切れる手札を出し続けるしかない。

なにしろ、神と政府、両方の手から一人の少女——繰丘椿《くるおかつばき》を救わなければならないのだ。

自分で選んだ事だ。己が信用できようができなかろうが、既に賽《さい》は投げられている。

結果として、そんな自分が本物であるか偽物《にせもの》であるかは、他人が決めればいい。

真贋《しんがん》など、見た者が最後に抱く印象が全てなのだろう。

そう思った所で、シグマはふと、心中で呟《つぶや》いた。

——母さんは、どうだったんだろう。

——衛宮切嗣《えみやきりつぐ》という『伝説』と共に戦い、朽ち果てて、最後に何を観《み》たんだろう。

シグマはそこまで考え、自嘲気味に笑う。

頭を吹き飛ばされて、己が最後に何を観《み》たかも解《わか》らぬまま死ぬ者も多いのだ。

母が最後に何かに辿《たど》り着《つ》いたのではないかというだけで、ロマンチシズムに過ぎると気付いて苦笑したのだ。

——ああ、俺も、次の瞬間には頭が吹き飛ぶかもしれない。

——だから……俺はもう、どこかに辿《たど》り着《つ》いた事にしよう。

どこに？　と自分で問うたシグマが最初に思い浮かべたのは、最後にアサシンが浮かべた笑顔だった。

「俺の得た信仰、か」

沼地を慎重に進みながら呟《つぶや》かれたシグマの独り言に、蛇杖《へびづえ》の少年の姿となった『影法師』が穏やかな笑みを浮かべながら言う。

「いっそ、新興宗教でも立ち上げるかい？　ギリシャの神々を排斥して合理的な医学主義を貫く教義なら協力するよ。とくにアポロンは優先的に堕天させよう」

「医学そのものを神として崇《あが》めるのか？　俺がやっても変な白衣や看護師服の神が生まれるだけだと思うぞ……あと、アポロンというのは誰だ？」

「それは……いや、知る必要のない、つまらない男だよ」

「そうか。コメディアンっぽい名前で気になったんだが、つまらないならいい」

シグマはそう言いながら、『影法師』達について考える。

——最近、やけに冗談を口にするようになった気がするが……気のせいか？

そんな事を考えていると、少年の姿になった『影法師』が言う。

「見えて来たぞ。あの岩場に隠れている」

「ああ、助かる」

シグマはそう言うと、自らの気配を消す魔術を発動させながら、覚悟を決めて岩場へと近づいて行った。


「おい」

唐突に頭上から声をかけられ、その兵士達は咄嗟《とっさ》にアサルトライフルを構えるが——

「俺は【欠乏】だ。お前達は【イバラ】だな？」

「……脅《おど》かすな。撃たれても文句は言えない登場の仕方だぞ」

イバラと呼ばれた男は、欠乏と名乗ったシグマの姿を確認して銃の引き鉄《がね》から指を離す。

僅かに銃口は逸らすが、いつでも撃てる姿勢のままなのは、彼らが数日前にシグマとセイバー達の監視を命じられていたからだろう。

彼らは【イバラ】というコードネームを付けられたファルデウス子飼いの特殊部隊であり、

魔術師を制圧する為《ため》の重武装に身を包んでいる急襲チームだ。

「無線が壊されてな。……【家畜】とは連絡が取れるか？」

「……現場待機と言われてそれっきりだ。定時報告には返答があるが、部下の女の声だった。【家畜】じゃない」

同じく【欠乏】というコードネームを付けられていたシグマは、ファルデウスを意味する【家畜】について問い掛けたが——これは茶番であり、『影法師』達の情報により、既にファルデウスはいくつかの重要度の低いチームを切り捨てて、一種の近衛兵《このえへい》とも言えるチームと共に極秘行動を取っていると知っている。

つまり、ここに居る【イバラ】は、ファルデウスによって切り捨てられたメンバーだ。

その心当たりも、シグマにはあった。

彼らは数日前にセイバーに接触されている。

セイバーは【イバラ】の面々に食事の差し入れを持ち込み、トラブルなどを起こしつつもいつしか彼らに受け入れられていたのだ。

彼らがセイバーに対して本気で心を開いているのかどうかは知らないし、特殊部隊という性質上受け入れたフリをしているという可能性が高い。

だが、ファルデウスからすればどちらにせよ不安要素だ。

セイバーかそのマスターの手によって、洗脳魔術のようなものを施されている可能性をファルデウスは無視できない。

何しろ街を土地ごと破壊する前に聖杯の土台を持ち出すという極秘中の極秘ともいえる作戦を行使しようとしているのだ。少しでも疑いのあるチームは切り捨てられるだろう。

『影法師』を通したウォッチャーからの情報により、シグマは彼らの置かれた立場を彼ら以上によく理解していた。

故に——それを利用する。

街の北部で、西の神性を止める為《ため》の共闘が行われようとしている事も知っている。

だが、彼らは黒幕側に所属していたシグマの事は信用しないだろう。

セイバーとアヤカが盟主であれば何も気にせず誘ってきたような気もするが、シグマとしては自分が共闘関係の不協和音になるのは避けたい所だ。


故に、彼は始める事にしたのだ。

表舞台の裏側から、『主役』を引《ひ》き摺《ず》り下ろす算段を。

成功する可能性は低く、死ぬ可能性はやたらと高い。

だが、自分達が怪物に対する銀の弾丸を放つ必要はないのだ。

舞台の裏側にいる者だけができる戦いをすべく、シグマはその最初の一歩となる言葉を口にする。

「お前達でさえ、ファルデウスから聞いていないのか？」

「？　どういう事だ？」

「市街地にいた【ジャッカル】と【スペード】【ワイングラス】は全滅した。その流れで、作戦名『オーロラ堕とし』が発動したぞ」

「⁉　全滅だと⁉　それに、その作戦コードはなんだ？　聞かされてないぞ」

マスクの下で、特殊部隊の隊員達が表情を強《こわ》ばらせたのをシグマは感じ取っていた。

ここからは、返答を間違えれば撃ち合いになる。

シグマには、他人の心など解《わか》らない。

解《わか》らないが――そんな自分に芽生えたのだという『善良なる信仰』に従い、淡々とした調子で虚実が入り交じった言葉を口にした。

「俺はマスターだから聞かされていたが、こっちもファルデウスとの回線を凍結された。どうやら切り捨てられたらしい」

「……『オーロラ堕とし』の作戦内容は？」

「明日、この街が地図から消える……俺達ごとな」

それだけで、内容を察したのだろう。

普通ならば信じがたい言葉だが、彼らはファルデウスの部下であり、彼の性格も、その上にいる者達の権力も知っていた。

更に言うならば、西から迫るあの台風が魔術世界に絡《から》むものなのだとしたら、それこそそこまでやらなければどうしようもないという事も。

相手が状況を呑《の》み込むのを待って、シグマはゆっくりと口を開いた。

「俺達は切り捨てられた。逃げるなら止めないし、【家畜】に確認したければ連絡をとってみろ。消されるのが早くなるかもしれないけどな」

「……お前はどうするつもりだ」

「俺は、やれる事をやるだけだ。ちょっとした問題を解決すれば、上層部が判断を変えるかもしれないからな」

そして、魔術使いは交渉を開始する。

口下手で寡黙、他人も自分もろくに信じぬような男が――

人と神、双方の暴虐と戦う為《ため》に。

「手を貸してくれる気はあるか？」

あるいは、破滅に身を投じる喜劇を演じきる為《ため》に。

「俺のサーヴァント……『チャールズ・チャップリン』は健在だ」

二十五章
『影は幽谷よりの旅路を終え』

「……やっと来たのね」

自らの権能をもって巨大な銛《もり》を抑え込んでいたフィリアが、金色の鎖の先――東の空に目を向けながら、忌々《いまいま》しげに呟《つぶや》いた。

変化は、劇的だった。

まるで御伽噺《おとぎばなし》の豆の木が急成長するかのように、金色の鎖が一瞬で膨れあがる。

エルキドゥという存在がその上を駆け抜けただけで、足が触れた部分から魔力が弾《はじ》けた。

ドクリ、ドクリと脈動を打つかのように、エルキドゥは鎖の上を駆け抜ける。

濃密な気配が、一直線にこちらに迫る。

数日前からこちらの気配を探っているのは気付いていたが、こちらに来る様子は欠片《かけら》も感じられなかった。

神殿を建てるついでに、挑発の意味もこめて『あれ』が共生していた森を支配したが、それでもこちらに手を出してくる事はなかった事から、フィリアはエルキドゥを呼び出したマスターが余程の慎重派か、あるいはエルキドゥが守勢に回らざるを得ない程に弱い存在という事だろうと推測する。

「聖杯戦争なんて無視して、私の気配を感じた瞬間に飛んでくればギルガメッシュと共闘できたのかもしれないけれど、あなたはそれをしなかった」

僅かに目を伏せ、遠い遠い過去を懐《なつ》かしむかのような物言いをした後、イシュタル女神は静かに顔を上げた。

「その在り方自体は、好きにすればいいわ。偽善でも偽悪でもない、ただ誰かの為《ため》にある生き方はある意味美徳なのでしょうね」

「イシュタル女神様……？」

前方でバーサーカーを制御していたハルリが、背後からイシュタル女神の神性が膨れあがった事に気付いて振り返る。

祭祀《さいし》長として任命されたハルリの横に並び立ち、女神は東から迫るのを敵意を持って睨《ね》め付《つ》けつつ、不敵な笑みを浮かべて右手を空に翳《かざ》した。

「だけど……」

次の瞬間、イシュタル女神の神力が膨れあがり、森と街の間の大地を魅了する。

「自分を他者に押しつける事もできないガラクタの癖に、私を侮辱したその醜さ……償いも贖《あがな》いも後悔も不要。何者にもなれぬまま崩れ、腐り、渇き、藻《も》掻《が》き、ほどけ滅びなさい」

イシュタル女神がこの時代に顕現して初めて浮かべた、明確なる敵意。

「……っ！」

ハルリの全身に、世界が七度滅びたかのような悪《お》寒《かん》が走り抜けた。

彼女がイシュタル女神の加護を受け、神殿の祭《さい》祀《し》長としての精神性をイシュタル女神より受けていなければ精神が崩壊し、生命活動そのものが停止していたかもしれない。

それほどの敵意と殺意すら、イシュタル女神が放てば世界を魅了する声となる。

因果の逆転。

無機物である大地が、魅了される事で擬似的な知能と有機生命体としての機能、そして感情までをも獲得した。

巨大生物か、あるいは小動物の群体か。

クレイアニメのように盛り上がった大地が荒れ狂う巨大な海となりて、暴風雨と混ざりあいながらこちらに迫るエルキドゥへと襲い掛かった。

「……」

一方のエルキドゥは、何も喋《しゃべ》らない。

言葉など要らず、その価値も無いとばかりに、イシュタル女神にただ敵意だけを向けていた。

魅了の力など目にも入らず、エルキドゥの触れた空気と鎖は女神の全てを否定する。

女神の狂信者と化して襲い来る大地を、エルキドゥはそのフィジカルだけで潜《くぐ》り抜《ぬ》けた。

一歩、二歩と土砂の波を蹴り上げ、上下左右から迫り来る敵意を力尽くで突破する。

ただの踏み込みが雷撃の如《ごと》き音を響かせ、踏み砕いた岩盤が細い鎖へと変化して複雑に絡《から》み合いながら鎖の周りを覆い始めた。

金色の橋を守護する、光のトンネル。

エルキドゥは神の時代へと侵攻しながら、銛《もり》に力を注《そそ》ぎ込んだ。

拮抗《きっこう》していた銛《もり》が神殿へと近付くのを見たイシュタルが、目を細める。

「小癪《こしゃく》ね、ガラクタ」

そして、横で固唾を呑《の》んで見守っていたハルリに告げた。

「バーサーカーに、あのガラクタを止めるのを手伝わせなさい。毒蛇はグガランナに引き受けさせるわ」

「！　はっ、はい！」

言われるがまま、ハルリはマスターとしてバーサーカーに命じる。

こちらまであと少しという所に迫ったエルキドゥを停止——もしくは破壊せよと。

低く軋《きし》む音を暴風雨の中に響かせながら、バーサーカーの巨大な身体《からだ》が東の空に向いた。

迫る大蛇と洪水を受け止めていた機能を全て解除し、その標的の全てをエルキドゥという個体に再設定する。

かつて英雄王たるギルガメッシュさえをも怯《ひる》ませたと伝えられし神々の森の番人。

その恐ろしき怪物に向かって——

自らの手で肉片になるまで殺し尽くした古き友へと向けて、エルキドゥは静かに呟《つぶや》いた。

「君と、話をするよ……フワワ」

エルキドゥはそう言いながら、己の四肢に魔力を込める。

「君を怯《おび》えさせ、同時に加護と安寧を与えた……あの女神を黙らせてからね」

次の瞬間、エルキドゥ自身が雷撃の如《ごと》き速度で突き進み、神殿に立つ女神へと狙いを定めた。

だが、それをフワワと呼ばれた巨獣——バーサーカーが受け止める。

巨体に見合わぬ機敏な動きだが、反撃はしなかった。

ハルリもバーサーカー自身も、エルキドゥの持つ力を肌で感じ取り、防戦を選んだのである。

少しでも隙を見せれば、そこから切り裂かれる事は明白だった。

現代兵器であるミサイルの雨を悉《ことごと》く撃ち落としたバーサーカーをもってしても、守勢に回る事を選ばざるを得ないプレッシャー。

神々が地上に打ち込む楔《くさび》として生み出された『兵器』は、相手がイシュタル女神を守るべく防御を固める姿を見て言った。

「困ったね……持久戦は少し苦手なんだ」

懐《なつ》かしき生前の日々。

親友であるギルガメッシュとの決闘を思い出しながら、その言葉を口にする。

「せいぜい、三日三晩ぐらいしか持たないからね」

嫌味でも皮肉でもなく、エルキドゥにとっては心の底からの本音であった。

できる事ならば——あの決闘は、三日と言わず永遠《とわ》に続けていたかったのだから。

×　　　　×

渓谷地帯

「状況が動いたぞ」

クリスタル・ヒルの屋上から膨大なエネルギーを纏《まと》う何かが飛び立ち、空中に伸びる金の鎖の上を掛け始めたのを見て、エルメロイ教室の誰ともなくそう呟《つぶや》いた。

そしてそれは、この渓谷にも当てはまる言葉となる。

ほぼ同時に、街の東側から二頭の馬が現れ、市街地からは警官隊と、スーツを纏《まと》ったティーネの部下達が現れたからだ。

「……この聖杯戦争を仕組んだ側にまで声を掛けるとは、正気ですか？」

ティーネ・チェルクの秘書である女性は、訝《いぶか》しげな目でエルメロイ教室の生徒達と警官隊を交互に見る。

すると、警官隊の代表として二十名ほどの部下を連れて来たヴェラ・レヴィットが淡々とした表情で言葉を返した。

「関係性や立ち位置を考慮している状況ではないでしょう」

「……。いや、失礼しました」

何か言いたげだったが、これ以上の皮肉などは主であるティーネの格を貶《おとし》めると判断したのだろう。彼女は魔術師として自分を制し、エルメロイ教室の面子《メンツ》に視線を戻す。

だが、その視線はすぐに二頭の馬の方へと移動する事になった。

質実剛健といった雰囲気の鎧《よろい》を纏《まと》ったその男は、背中にしがみついて息を荒らげている女性の肩を支えながら、周囲を見渡して目を耀《かがや》かせる。

「おお、凄《すご》いな！　見ただけで解《わか》るぞ？　誰も彼もが一流の魔術師だ！　俺の宮廷魔術師を自称してたサンジェルマンの奴《やつ》よりも実力が上に見える！　ああ……いや、あいつは詐欺師にしか見えないから比べるのがそもそも失礼かもしれないが……」

軽々しく自分に連なる情報を言い始めたセイバーを見て、何人かの魔術師は一瞬彼をサーヴァントではなく街の大道芸人か何かではないかと疑った。

ティーネの部下達はそれが英霊であるという事は理解しているが、それでもあまりな発言に目を丸くし、ハンザは腹を抱えて楽しげに笑っている。

一方で、彼の事をある程度知っている警官達は、苦笑いでその様子を眺めていた。

エルメロイ教室の生徒達は、何人かは冗談だろうと眉を顰《ひそ》め、何人かは真剣にその正体について囁《ささや》きあっている。

「サンジェルマンと言ったか？」

「ってことは、ルイ15世……？」

「いや、アレキサンダー大王かも……」

「ラーコーツィ家……？」

「大穴でシヴァの女王……」

好き勝手な予測を呟《つぶや》く一部の若者達を目にすると、セイバーは西の森の様子が良く見える位置に馬を歩かせながらカラコロと笑った。

「待て待て待て、サンジェルマン！　どんだけ節操ないんだあいつ⁉　そりゃ不老長寿だとか言ってたし、この街を普通に走ってる『自動車』って奴《やつ》を俺の時代に普通に乗り回してたが、魔術師ってのは普通にそういう普通じゃない真似《まね》をするのか？」

「サンジェルマン伯爵はアトラス院の出奔者か何かなのか……？　余計な情報が増えたな……」

眼鏡をかけた巨漢がそう言うのを聞き、セイバーは肩を竦《すく》める。

「あいつは存在してるだけで余計な厄介事を振りまくからな。まあ、宮廷魔術師と言っても、俺があいつに教わった魔術なんて『宝石の傷の消し方』ぐらいだしな」

その言葉を聞いて数名の魔術師が目をギラリと耀《かがや》かせたが、流石《さすが》にそれを今追及する暇はないと判断したのか、特に口を挟むことはなかった。

「おお！　それにしても、凄《すさ》まじい事になってるな！」

セイバーは周囲の空気もなんのその、崖際から森の様子を見て目を耀《かがや》かせる。

彼の視線の先では、黒い洪水に呑《の》み込まれた森の中に降りた巨大な『何か』の足に巨大な蛇が絡《から》み付《つ》いており、更に、少し前から金色の爆発が連続して発生して、巨大な岩盤が時折空に舞い上がっている。

「共闘というのは、あそこにいる『何か』と戦うという事か？　ライダーとして顕現していたなら、軍単位で力を分け与えられたかもしれないが、セイバーだからなあ」

視線の先の現実離れした光景を前に、嬉《うれ》しそうに戦力分析をするセイバー。

そして、思い出したように馬の向きを変え、その場に集まっていた面々に名乗りを上げる。

「さて、馬上から失礼！　セイバーの霊基を持ってこの聖杯戦争に馳《は》せ参《さん》じたサーヴァントだ！　馬から下りないのは、俺の身分の問題というより、マスターが腰を抜かして下りるのが大変そうだってだけだ、流してくれると助かる！」

「うう……だ、大丈夫、もうちょっとしたら下りられるから……」

そんな事を呻《うめ》きながら言う少女が、ゆっくりと顔を上げ、周囲の様子を見回した。

——あ、教会の神父さん……無事だったんだ。

教会が崩壊して以降会えていなかったが、眼帯をした神父がピンピンしているのを見て、アヤカは安堵《あんど》したように息を吐く。

——よかった、ヴェラさん達も無事に……え？

すると、アヤカは妙な事に気付いた。

警官隊とも、スーツを纏《まと》った集団とも違う、統一感のない服装をした若者達が、アヤカの顔を見て目を丸くし、警戒するようにこちらを窺っていたのである。

「沙条《さじょう》だ……」「植物科《ユミナ》の綾香《あやか》ちゃんだよな？」「髪染めた？」

そんな呟《つぶや》きを聞いて、アヤカはビクリと身を震わせると、腰を抜かしていたのも忘れて息を呑《の》んだ。

「え……な、なに？」

アヤカからすれば、誰一人として見覚えはない。

日本人らしき赤い服の女性が睨《にら》むようにこちらを観察しているが、やはり覚えはなかった。

不安を感じるアヤカを余所《よそ》に、若者達は首を傾《かし》げながら言葉を交わしている。

「だが、沙条《さじょう》は今ルーマニアだ。それは確認が取れている」

「間違いないよな……」

「そうか？　全然似てないぞ？　沙条《さじょう》の匂いはもっと丸っこいのにうねうねっとした感じだ」

「スヴィンは外見で判断してないだけだろ」

「ですが……スヴィンがそう判断するのでしたら、別人という事で確定ですわね」

知らない人間達が、何やら自分に対して話を進めている。

久しぶりに『理不尽な運命に振り回されている』という感覚を思い出したアヤカは、気合いを入れ直しながら馬を下り、強い意志を込めて口を開いた。

「ねえ」

若者達が、アヤカの声に反応して一斉にこちらを見る。

歳《とし》が近しいとは思えぬ程の圧力に、アヤカは思わずよろめきそうになった。

だが、その肩を、いつの間にか馬から下りていたセイバーが支えた。

「大丈夫だ」

「……うん、ありがと」

アヤカは心を落ち着かせながら、若者達に尋ねる。

「さっきから私の顔を見て何か言ってるけど……そもそも、貴方《あなた》達はなんなの？　私の事を……知ってるって事？」

その言葉を聞いて一歩前に出て来たのは、若者達の中でも一際《ひときわ》気の強そうな女性だった。

「いいえ、知らないわ。正確に言うなら、存在は何日か前から把握していたけれど」

「え？」

「わたし達の方こそ、あなたが何なのかを知りたいの。信用できない相手なら、裏切る前提で手を組む事はあるけれど……流石《さすが》に得体の知れない存在だと、こっちとしては警戒以前の問題になるしね」

その女性は、周囲の仲間達に向かって追い払うように手をヒラヒラと振った。

「さあさあ、彼女の事はわたしが確認するから、みんなはいいからちゃっちゃと森の観測を始めといて。こうしてる間にも世界が滅びるかもしれないって解《わか》ってるでしょ？」

彼女の言葉に合わせ、他の面々は肩を竦《すく》めたりしつつも、森の異変に対して何かしらの魔術道具や魔法陣などを展開し始める。

赤い服を纏《まと》ったその女性は、アヤカを真《ま》っ直《す》ぐに見据えながらストレートに問い掛けた。

「で、改めて聞くけど、あなたは誰？　どうして沙条さんと同じ顔をしてるの？」

「……え？」

グニャリ、と、アヤカの視界が一瞬歪《ゆが》む。

相手の言葉の意味が解《わか》らぬアヤカは、それでも腹に力を込めて問い返した。

「どうしてって……私がサジョウ・アヤカだから……。待って、私と同じ顔の人がいるの？」

「その質問の答えは『イエス』よ。髪の色は違うけど、その他の造形はそっくり。じゃあ……質問を変えるわね。あなたは『冬木《ふゆき》』って単語は知ってるかしら？」

「……そりゃ、まあ、私の故郷だし」

「フーン……冬木《ふゆき》のどこに住んでたの？　新都《しんと》？　深山町《みやまちょう》？　穂群原《ほむらばら》？」

「え？　ええと……？」


頭が痛む。

過去が傷む。

記憶が歪《いた》む。

一瞬深い霧が脳味噌《のうみそ》に満ちたような錯覚を覚えた後、アヤカはかろうじてその地名を頭に思い浮かべる事ができた。

「玄木坂《くろきざか》……の、蟬菜《せみな》、マンション？」

その名前を口にした瞬間、一瞬赤い服の女性の目が細まるが、それを確認したのはアヤカではなく、横に立つセイバーである。

アヤカがこの町に来た時に、警察署で名乗った時は「調べる」とだけ言われて細かい過去は追及されなかった。

あるいは、あのまま警察署内に留まっていたならば日本から届く資料との違いについて強く言及されていたのかもしれない。

だが、そうはならず、アヤカは『日本から来たアヤカ・サジョウ』としてこの町に在り続けていた。

だからこそ、彼女は——他ならぬアヤカ自身が、深い疑問を抱かずに過ごし続けたのである。

突きつける者が、これまで誰一人として現れなかったからだ。

「誰か、冬木《ふゆき》にいる友達の名前とか言える？」

赤い服の女性は、責めるわけではなく、さりとて優しくするわけでもなく事務的に質問を続

けた。悪意があるというわけではなく、恐らく魔術師としてはだいぶ誠実で優しい手順で問い掛けているのだろうとセイバーは判断した。

だからこそその追及をセイバーが遮る事は無かったが、何かあればすぐに動けるように準備はしている。


「友達……？」

頭の中の霧が一層濃くなるが、アヤカはそこから逃げなかった。

——今は、逃げちゃいけない。

——ここで諦めたら、きっと、ずっとこの霧は晴れない。

己の記憶の中を手探りで掻《か》き分《わ》けながら、アヤカはこれまで見ないようにしてきた『冬木《ふゆき》での思い出』に手を伸ばす。

「そう……いる、いた。友達……」

ぼやける思考の中で、アヤカは一つの事を思いだした。

顔もよく覚えていない者達が、自分の名を呼んでくれた事を。

「名前を、私がアヤカだって、サジョウ・アヤカだって言ってくれた……」

自分が、サジョウアヤカであると教えてくれた者達の名を。

「ゴトウ……ガイ……君と……ツノクマ……君……？」

「は？　……え？　本気で言ってる？」

その名前が出て来た瞬間、赤い服の女性はそれまでとは違う驚き方をした。

「まさか、ここでそんな名前が出てくるのは予想外だったわ……。蝉菜《せみな》マンションっていうから、氷室《ひむろ》さんの名前が出て来るかもしれないとは思ったし、わたしを騙《だま》す為《ため》なら、美綴《みつづり》さんとか三枝《さえぐさ》さんの名前を出してくる筈《はず》……。くっ……混乱させるつもりなら、大したものね」

「？？？」

「いや、どうみてもアヤカの方が混乱してるぞ？」

セイバーが助け船を出し、そのついでとばかりに口を挟み始めた。

「ふーむ……要するに、アヤカの顔が君達の友人にうり二つで、名前も一緒なのに完全な別人である……という所に不信感があるわけだな？」

「当然でしょ？」

赤い服の女性魔術師は、こちらを警戒しながらも対等であるかのように言葉を交わしてくる。

マスター、あるいは魔術師として使い魔であるサーヴァントを見下している……というものとはどこか違うとセイバーは即座に判断した。

──いや、自尊心もないわけではないが……。

——彼女は、実に手慣れている。

——恐らく、サーヴァントや英霊の事を良く知っているのだろう。

——しかも……『冬木《ふゆき》』を良く知っている、か。

それを踏まえた上で、セイバーは堂々といつも通りの自分を曝《さら》け出《だ》す。

「うむ、きっと妖精達によるチェンジリングか何かだろう。妖精は怖いぞ？　何をしでかすか解《わか》らないし、人間の事など、紙に描いた落書きのようなものとしか思ってない奴《やつ》も多い」

「セイバー？」

「何が言いたいわけ？」

アヤカと赤い服の魔術師がそれぞれ訝《いぶか》しげな目を向けてくるが、セイバーは朗々とした口調で、誤魔化す事なく言った。

「器の複製。幻術。幻獣。吸血種。今の時代には医の力で顔を変える技術もあるんだろ？　なんなら単なる手品や化粧でもいい。アヤカという人間が複数いる原因なんて、それこそ星の数ほどある。だが、問題はそこじゃない」

セイバーはうんうんと一人で頷《うなず》きながら言葉を紡《つむ》ぎ続ける。

「君達にとって確かにアヤカは怪しいだろう。そう思うのも当然だ。だが、俺にとっては、召喚されてから今日この瞬間まで見て来たアヤカが全てで、それは信頼に足るものだ」

「サーヴァントのあなたの意見を信用しろってわけ？」

「いいや？　だから、俺が君達の担保になる」

「担保？」

そこで、セイバーは朗らかな笑みを浮かべたまま、言った。

「俺が君達をこの場で皆殺しにしないのは、アヤカが良い奴だと証明したいからだ」

「……え？」

呆《ほう》けたように声と顔を上げたのは、当のアヤカ本人だ。

そんなマスターの声が聞こえないかのように、セイバーは淡々と言葉を紡《つむ》ぐ。

「共闘したいと言われて呼ばれたのに、一方的にマスターを尋問されている。これは、俺からすれば君達を誅《ちゅう》するには充分な理由になるな」

「ちょっと、何を……」

「大丈夫だ、アヤカ。やる時は、供回りも総動員でやる。負けるつもりはない」

肩を竦《すく》めながら、大した事ではないと言うように告げるセイバー。

周囲の空気が、一気に冷え込む。

赤い服の女だけではない、それまで話に加わらず自分達の作業をしていた魔術師達も、こちらを向かぬまま『スイッチ』を切り替えていた。

横にいたヒッポリュテも、表情は涼しげだが、既に重心を変化させている
いつでも戦闘に入れる状況だが、アヤカは当然それらの空気の変化に気付いておらず、セイ

バーは不敵に微笑《ほほえ》み、警官隊とティーネの部下達が表情を強《こわ》ばらせた。

だが、真っ先に動いたのは——唯一空気の変化に気付いていないアヤカ本人だった。

アヤカの脳裏に浮かぶのは、つい先刻見た夢の景色。

どこかの砦《とりで》か街のような場所にいたセイバーが、とても大勢の人間を赤く、赤く、赤く染める姿。

全身から汗を滲《にじ》ませたアヤカが、セイバーの腕を強く掴《つか》む。

「セイバー！」

そして、ありったけの力を込めて叫んだ。

「冗談でも！　そういう事を言うのは止めて！」

「……アヤカは、冗談だと思ってるのか？」

「本気なら、尚更《なおさら》だ！　この前言った筈《はず》だよ！　汚れ役がいるなら、それは私がやるって！　私には実力行使はできないけど！　でも、マスターって奴《やつ》なら、誰かを殺す時は私が命じるのが筋じゃないの⁉　それとも、私はそんなに信用できない⁉」

これまでになく真剣な表情だった。

沈黙が場を支配する。

西の森での激しい衝撃や閃光《せんこう》と暴風雨を背景に、蝶《ちょう》魔術により結界の中だけが奇妙な静寂に包まれ、永遠とも錯覚する数秒が流れた。

と、その緊張を破る形で、セイバーが不敵な笑みを一度消し去り、今度は悪戯《いたずら》が成功した子供のような笑みを浮かべ直して赤い服の魔術師に言う。

「今の、演技に見えるか？」

「へ？」

アヤカがわけがわからず呟《つぶや》くと、赤い服の魔術師は呆《あき》れたような顔で目を伏せ、大きな溜息《ためいき》を吐き出しながらセイバーに答えた。

「……オーケー、少なくとも、腹芸のできる魔術師じゃないってのは理解したわ。その子が人間なのかそれ以外かは知らないけれど、どちらにせよとんでもなく危うい素人だって事もね」

「ああ。そして正式に謝罪しよう。仮初《かりそ》めとはいえ、殺意を向けた事は無礼に値する。諸君へのこの埋め合わせは、この先の働きを持って贖《あがな》わせてくれ」

「ま、化かし合いなんて日常茶飯事なんだから、謝ってくれるだけマシね。気にしないでとは言わないわよ？　どのみち、きっちりと働いてもらうつもりですもの」

セイバーと赤い服の女性の会話に合わせて周囲の空気が元に戻り、魔術師達も『いや、マジかと思った』『やっぱ英霊ってヤバイねー、勝てる気しなかったよ』『まあ、ああいう駆け引き、肝心の遠坂《とおさか》がよくやるしな……』などと囁《ささや》きあいながら作業に戻っている。

「……。あっ？　……そういう、事？」

少し考え、アヤカは自分がセイバーの茶番に巻き込まれたのだと気付く。

「……セイバー？」

ジト目で見るアヤカから、セイバーはそっと目を逸《そ》らした。

「セイバー？」

「まあ、結果として良か……うおっ」

三つ編みにした後ろ髪をアヤカに強く引っ張られて呻《うめ》くセイバー。

「……うん、まあ、私に気を遣って演技してくれたって事は理解してるんだけどさ……」

「ハハハ、そういうアヤカの察しの良さは美徳だと思うぞ、うん」

「御礼《おれい》を言いたい気持ちと、ふざけるな、皆殺しなんて冗談で言っていい言葉じゃないだろって気持ちが鬩《せめ》ぎ合ってるんだけど、これってどうすればいい？」

青筋を浮かべながら引きつった笑みを浮かべているアヤカを見て、セイバーは髪を引っ張られたまま一瞬考え、名案だとばかりに言った。

「そういう時は歌うといいぞ？　俺も囚《とら》われの身だった時は人寂しくて『俺はここにいるからとっとと助けて欲しい』って愚痴る歌を作ったもんだ。あと怒らせた事は謝ろう、すまない！」

あまりにも堂々と言うセイバーに、アヤカは毒気を抜かれつつも、心の中では完全に安堵《あんど》しきれずにいる自分に気付く。

サンジェルマンという男が出て来た夢の一件もあるが、それ以前に、何か一つ切っ掛けがあれば、先ほどの茶番は茶番ではなく、本当にこの場にいる全ての人間と戦う決意を固めていた
──つまりは、セイバーはそういう性質を持っていると理解していた。

セイバーの言うように、彼女は察しが良すぎたのである。

──善人とか悪人って話じゃない。

──セイバーにはやっぱり、『躊躇《ため》い』ってものが無いんだ。

自らの行動の結果起きる事態への怖《おそ》れ、罪悪感、不安、そういったものをセイバーは徹底的に無視する。

あるいは、正面からそれらの要素を受け止めながら、尚《なお》も前に進むのだ。

それが絶対的に悪い事だとはアヤカも考えない。

彼のそうした性質によって何度も救われているのは事実だ。

だからこそ、アヤカは改めて思う。

自分などの為《ため》に、彼だけが無用な汚名を着る事などあってはならないと。

マスターとして正式に契約した時に決めたのだ。

堕《お》ちる時は、一緒に堕《お》ちると。

そんな決意を新たにしているアヤカを見て、赤い服の魔術師が口を開いた。

「……わたし達がここに来る前から、あなたは既にアメリカにいた。だから、わたし達相手の

ブラフという事は考え辛《づら》いし、先生やフラットへの牽制《けんせい》ならもっと他の人選をするでしょうね。正直、本人に電話で確認ができる沙条《さじょう》さんを選ぶ理由がないわけだし」

「え？　本人に電話……できるの？」

「聞いてはみたけど、心当たりは無いって話だから意味はないわよ？　沙条《さじょう》さんは自分の身内が何かしたんじゃないかって疑ってたみたいだけど、結局無関係だったって」

「そ、そう……」

自分と同じ名前の人物が存在している。

その事実をハッキリと突きつけられたアヤカは——

自分が、思いのほか冷静であるという事に気付く。

——あれ？

——なんで私、こんなに落ち着いてるんだろう……。

普通に考えれば、じゃあ私は誰なんだと泣きわめいたり怒り狂ったりしてもおかしくない。

だが、今の自分は、ハッキリとした矛盾を認識した事で逆に安堵《あんど》の気持ちを抱いていた。

気持ちが悪いのは、何故《なぜ》安堵《あんど》しているのかという事を自分でも理解できないという事である。

——いや、そもそもおかしい。明らかにおかしい。

——なんで私は、過去の記憶を積極的に思い出そうとしない？

——……今までも、なにかと理由をつけて……。

——まあ、今はそれどころじゃない……か。

赤い魔術師の言葉によって、霧が大きく揺らめいたのは確かだが、どうしても過去の記憶へ踏み出す事ができない。

実際の所、アヤカにはこの状況で『私の記憶を思い出させる事を優先してくれ』と言う度胸も無ければ合理的な理由も思い浮かばないので、強く反論はできなかった。

そんなアヤカを余所《よそ》に、赤い服の魔術師は戦力として見込んでいるセイバーへと問う。

「とはいえ、あなたも騎士に類する英霊みたいだけど……。生きてた頃に何かの戦いに身を置いた事があるなら解《わか》るでしょう？　未知の要素っていうのが、戦場の中でどれだけ恐ろしい存在なのか」

「まあ、それを言ったら、今の西の森は未知の領域だらけだけどな」

セイバーが皮肉を言いながら森に目を向けると、暴風雨がより強く森を包み込み、遠方からの視認が悪い状態となっていた。

そんな状態でありながらも、時折凄《すさ》まじい衝撃音や雷鳴が響き、金色の閃光《せんこう》や巨大な何かが蠢《うごめ》いている様子が見て取れる。

「あれに正面から突っ込んでいくほどバカじゃないわよ」

「そうだな。君達は皆とても賢《さか》しい」

セイバーは楽しげにそう言いながら、周囲に集まった面子《メンツ》を見渡して言った。

「だからこそ、愚者の役割をこなす者が必要だろう？」

すると、蝶《ちょう》を操りながら結界を維持していた貴族風の男がセイバーに言う。

「無論、共闘を持ちかけながら一方的に囮《おとり》や捨て石になれ、などとは言いませんとも。その風格からして、どこかの名のある王侯貴族と見受けられる貴殿に対しては尚更《なおさら》です」

「そんな事はないぞ？　我が敬愛するアーサー王は、自ら戦いに身を投じ、卑王ヴォーティガーンや反逆者であるモードレッド卿《きょう》をも手ずから討ち取ったと聞く。俺も戦場では一番槍《いちばんやり》や一騎駆けをよくやったもんだ。祖王アーサーやアレキサンダー大王の覇道に憧れたこの身だが、流石《さすが》に個の武のみで国を落とすには到《いた》らず、だ」

自分よりも、過去の英傑達を褒《ほ》め称《たた》えるように語るセイバー。

アーサー王の話が出た瞬間に赤い服の魔術師がほんの僅かに反応したのをセイバーは見逃さなかったが、それは今追及する事ではないだろうと胸に納めた。


……のだが、結局我慢できなかった。

「ところで、そこの冬木《ふゆき》を知っている君！　もしかしてアーサー王の事をっとととと」

「それどころじゃ！　ないでしょ！」

アヤカに腕と髪を引かれたセイバーは、名残惜しそうに赤い服の魔術師を見たが、アヤカが『まずはこの状況をなんとかして、その後でゆっくり話せばいいでしょ』と説得した為《ため》、改めて話を進める事に納得した。


「どうやら、西の神殿はお互いに攻めあぐねているようだな、持久戦になっている内にこちらの手を進めよう」

「……あの規模の持久戦って……何？」

セイバーの言葉を受けて、アヤカは西の森の様子を見ながら一人呟《つぶや》いたが、直接口を出せそうもないので黙って話を聞く事にした。

作戦会議の場に集まったのは、ヴェルナー・シザームンドと名乗った蝶《ちょう》使いの青年と、遠《とお》坂凜《さかりん》という赤い服の魔術師。

更にはルヴィアゼリッタ・エーデルフェルトという青いドレスの女性魔術師と、ティーネ・チェルクの側近を名乗る者が数名。

後はセイバー達も顔を知っているヴェラ・レヴィットだ。

ハンザ神父は『君達の指針には口出ししないよ、そもそも、あれはもう倒してしまう以外に秘匿のしようがないだろう？』と言って作戦会議を少し離れた場所から傍観している。

離れる際に『報告はうまく誤魔化しておく。下手をすれば、聖堂教会がこの街を消しかねないしな、ハハハ』と冗談めいて言っていたが、それを口調通りの冗談として受け取るものは誰一人として居なかった。

そして、セイバーが『聖堂教会なら、やるよなぁ……』と呟《つぶや》いた後、気持ちを切り替えながらヴェルナーへと尋ねる。

「ＯＫ、君達の作戦を聞こう。あれの決着がつくまで待って、疲弊した勢力を一網打尽にでもするのか？　それとも街かこの峡谷を要塞と見立てて籠城《ろうじょう》でもするか？　此度《このたび》の俺は軍略を司《つかさど》る将ではなく、一人の剣士として顕現している。現代魔術に精通している君達の戦略に従おう」

セイバーは、そこでヒッポリュテの方を見ながら言った。

「戦士長殿も、同じ考えだろう？」

「……そうだな。ただ、私は霊基の特性として行軍の補助はできる」

真名《しんめい》を予測済みであると示したセイバーに対し、ヒッポリュテは静かに頷《うなず》く。

そのやりとりはスルーしていたアヤカだが、ふと気になってセイバーに言った。

「アンタの事だから、一人で突撃してくるって言うのかと……」

「まあ、正直言うと、『騎士』としての俺はそうしたいけどな。異なる勢力同士の連合軍の中ではそうもいかないだろ？　俺も連合軍の指揮をとった事はあるが、あれは面倒だった」

遠い過去を思い出し、珍しく疲れたように目を伏せるセイバー。

彼は静かに首を横に振ったあと、半分独り言のように言った。

「まあ、やっぱり独断で動く奴《やつ》はどうしても現れるから、そいつらの動きに臨機応変に合わせる事ができるかどうかが重要だな。敵の奇襲と猛攻に耐えかねて陣形を崩したり命令違反した味方がいたとしても、その動きを利用すれば逆に相手の意表を突ける」

そこまで言って、セイバーは改めて西の森に目を向ける。

「あの森と神殿を都市として考えるなら、速攻で落とすかどうかは護《まも》りの将の性質次第だな。将というか、王というか……神か。死徒とかいう魔物を倒した事はあるが、神の居城を落とすのは初めてだな」

「あら、セイバー殿は生前に死徒を討った事がおありなのですわね」

ルヴィアの言葉に、セイバーがハンザの方を横目で見ながら苦笑する。

「我が生涯の敵達と手を組んだ上に、総力を尽くしてようやく一人だけ、な。寧《むし》ろ、その後始末が大変だったよ、聖堂教会の裏の連中には関わらない方がいいぞ。全員とは言わないが、面倒な連中が多いからな」

「同感だ」

聞こえていたらしく、遠く離れた場所から答えるハンザ。

「同感ね」

凛《りん》も半分独り言のように言った所で、ヴェラが警官隊の代表として声を上げた。

「つまり、このままここで西の状況が変わるまで待つ……という事ですか？」

街の崩壊まで時間に猶予が無い事を知っているヴェラとしては当然の疑問だが、結果としてヴェルナーが首を横に振る。

「いや、相手の決着を待つ余裕はないでしょうね。もしも件《くだん》の『神』を名乗る者が勝てば、より一層厄介な事になるでしょう」

その言葉に、ティーネの秘書である女性が尋ねた。

「どういう事ですか？」

すると、聖杯戦争に一番精通していると思《おぼ》しき遠坂凛《とおさかりん》が答える。

「……英霊が戦いに敗れると、その魂は小聖杯に流れ込む。ここまではいい？」

冬木《ふゆき》をモデルとした聖杯戦争において、聖杯とは小聖杯と大聖杯の二つに分かれている。

大聖杯は地脈からの魔力を溜《た》め込む貯蔵タンクのようなものであり、小聖杯は召喚された英霊達の魂を汲《く》み取《と》る為《ため》の器として存在している。

戦いに敗れて霊基を保てなくなった英霊の魂は、小聖杯へと流れ込み、貯蔵される。

聖杯戦争終結時に、霊体は聖杯の形で物質化し、一つの願望器と化す。

この時に正式な聖杯であれば魂の物質化という第三魔法の領域に到《いた》り、実質的な不老不死を得る事も可能なのだと言われていた。

フランチェスカやファルデウスは『冬木《ふゆき》の聖杯には第三魔法とは別の目的もあった』という事についても触れていたが、ファルデウスは『それは我々の目的ではない』と言い、フランチェスカは『興味無いし、そもそも私が用意した偽《にせ》の聖杯だと、最高の結果で擬似的な第三魔法……その先に行く為の孔までは絶対にひらかない』と妙な事を言っていたと記憶している。

署長も特にそれに異を唱えなかった為《ため》、それ以上に詳しい話はヴェラも聞かされてはいない。

遠坂凛《とおさかりん》もそれ以上に踏み込むつもりはないのか、あくまで『小聖杯』という存在について言葉を続ける。

「あなた達のボスは、小聖杯が何かを知ってるの？」

ヴェラに向かって問う凛《りん》。

この聖杯戦争の黒幕側の存在であるヴェラは一瞬逡巡《しゅんじゅん》したが、署長からヴェラでも知っている手札は、サーヴァントの真名《しんめい》以外は明かしても構わないという許可を得ている為《ため》、ゆっくりと頷《うなず》いた。

「……はい。フランチェスカという協力者が用意した、アインツベルンのホムンクルス……フィリアという個体です」

「え？」

その声を上げたのは、アヤカだった。

「フィリアって……あの、フィリア？」

「御存知なら話は早いです。そして、ミス遠坂《とおさか》の言いたい事も理解できます」

ヴェラの言葉を受け継ぎ、セイバーが神妙な顔つきで頷《うなず》く。

「なるほど、誰か英霊が死ぬ度に、小聖杯であるホムンクルスの身体《からだ》に魂が流れる。ところが、その小聖杯の中にはイシュタルという神性が降りている……」

「普通の小聖杯なら、英霊の魂を自分の力に変えて操るなんて機能はない筈《はず》よ。だけど、中身が本当に神に類する何かだっていうなら、話は別」

凛《りん》の言葉を受けて、ルヴィアが更に続けた。

「最初に脱落した英霊が神性を持ち合わせていた場合、それが流れ込む事によってここまでの覚醒を見せたのではないか……というのが私《わたくし》達の推測ですわ」

「つまり、あんな大暴れをしてる内の誰かが負けて、その魂が吸収されたら……それこそ手の付けようが無くなるってわけか」

「ええ、だから作戦は単純。これから神殿を襲撃するつもりよ」

あっさりと言ってのけた凛《りん》に、セイバーは興味を持ったのか、どこか楽しげに問い掛ける。

「へえ？　さっき、正面から行くのはバカだって言ってた気がするが？」

「ええ、正面から突っ込むのはね」

遠坂凛《とおさかりん》は、あくまでも不遜に、それでいて巨大な力に挑むかのように断言した。

「どんな神性かは知らないけど……正々堂々、後ろから殴りつけてやるつもりよ？」

×　　×

ネオ・イシュタル神殿前

これこそが力である。

これこそが世界である。

その言葉をダイレクトに視覚化したような光景が、空と大地の狭間《はざま》で繰り広げられていた。


神獣の化身たる巨大台風。

神の番人たる災厄の怪物。

神を否定し抗《あらが》う復讐《ふくしゅう》者の生み出す黒の洪水。

神によって造られた楔《くさび》と鎖の兵器。

神の座に再び至らんとしている、旧《ふる》き女神の遺《のこ》した残響。

西の森は今や、神の時代の遺物とそれを否定する者達によって支配される箱庭と化していた。

そこに迷い込んでいた英霊も魔物も、資格無き者はただの塵芥《ちりあくた》に過ぎない。

そう言わんばかりの莫大《ばくだい》なエネルギーが、絶えずその箱庭を流動し続けていた。


未熟。

箱庭に巻き込まれたその英霊は——ただ、未熟である自分を悔やむ。

己は常に驕《おご》りがあった。

ある意味、自らの手で敬虔《けいけん》にして偉大なる方々に近付こうと思った事が、まず未熟であったのかもしれない。

荒れ狂う力の波に翻弄される一柱の英霊。

名も無きアサシンとして顕現してから、自分はまだ何も成せてはいない。

自らの魂を邪悪な魔力にて穢《けが》した魔物を滅ぼす事も。

親に翻弄された幼き少女を救う事も。

街に訪れる破壊を止めるべく、神を名乗りし異邦の『力』を諫《いさ》め払う事も。


名も無きアサシンの目の前に広がるのは、世界の緩やかな崩壊とでも言える光景だった。

山の如《ごと》き大蛇がそれを遙《はる》かに上回る巨軀の獣へと絡《から》みつき、大地には黒い洪水が荒れ狂う。

更には森の中で出会った英霊のものと思《おぼ》しき巨大な銛《もり》がこちらに迫り、イシュタル女神を名乗る女は、世界そのものを魅了し、己の想《おも》うがままに捻《ね》じ曲《ま》げていた。

断じて許容できるものではない。

いや、仮に許容したとしても、街の人々の為《ため》に止めねばならない。

だが、心持ちでどうにかできる段階はとうに超えている。

森の木にしがみつく事でかろうじて黒い洪水からは逃れ得ているが、ただそれだけだった。

霊体化でもしようものならば、魔力の激流に巻き込まれてそのまま消滅しかねない。

通常の人間ならば、あるいは英霊であろうと、心が折れてしかるべき状況だ。

しかしながら、彼女の心は折れない。

この暴虐の極みと言える力の激突を前にして、名も無きアサシンはまだ己にできる事を探し続けていた。

命など、とうに捧《ささ》げる覚悟はできている。

だが、命程度でどうにかなる状況ではなかった。

「ハハハ！　愛《いと》しのアサシンよ、かような暴虐なる力の前では、私も君も等しく塵芥《ちりあくた》だな！　初めて君と同じ目線に立てた事が、ここまで甘美なる喜びを我が身にもたらすとは！　絶望というのも味わってみるものだな！　私にもようやく覚悟というものができたとも！　ああ、そうだ！　愛《いと》しの君よ！　君とならば、共に滅びる事もまた――」

妄言が傍《そば》の木から繰り返し聞こえて来るが、名も無きアサシンは全て聞き流しながら、宝具の一撃を叩《たた》き込んだ。

「……妄想心音《ザバーニーヤ》……」

アサシンの背から伸びた赤黒い腕の一撃を紙一重で躱《かわ》すジェスター。

だが、以前と比べると動きが精彩を欠いており、今ならば——本当にアサシンがジェスターを殺す為《ため》だけに全力を出せば、あるいは消滅させる事も可能であろう。

だが、アヤカより借り受けている魔力がどこまで持つかは解《わか》らない。それならば、あるいは一縷《いちる》の望みをかけて『女神』を名乗る存在を排除すべきではないのか？

迷いが生まれる。

迷いとはすなわち未熟の証《あかし》である。名も無きアサシンはそう考えていた。

己の弱さを悔やむが、悔やむ暇《いとま》すらも惜しい状況である。

何をするべきか？

何が正しいのか？

合理か、それとも情動に従うべきか。

そもそも、自分にそれを選ぶ資格などあるのか？

「ああ、ああ、愛《いと》しのアサシンよ、麗しのアサシンよ！　もう我々にできる事など何もない、美しき信仰を持った君が、異邦の力の前に膝を折り諦める姿など私……私は……ああ！　正直に言おう！　とても見たいとも！　本来ならば私がこの手で貶《おとし》め、蹂躙《じゅうりん》する事で完成する筈《はず》だったこの愛。私は今、叶《かな》わぬままならば神々に蹂躙《じゅうりん》される君の姿で妥協しても良いとすら思っている！　ガッカリしたかい、してくれただろう？　僕は君への愛を妥協しようというのだ！　堕落したのだ！　ならば心が折れた者同士、共にこの時代から消え去るのが美しいとは──」

妄言が反対側の木から聞こえて来たが、名も無きアサシンはやはりそれを聞き流す。

だが、似たような焦《あせ》りと衝動が己の心の内側の『扉』を叩《たた》き始めていた。

サーヴァントですらない、神殿に居座る女の使い魔である神獣の腕の一振りだけで、この世界に天変地異が起こる。

それを食い止める手立てなどない。

自分にはない。

ならば、抗《あらが》いに意味などあるのか？

背中から、もう一人の自分が手を伸ばしてくるような錯覚を覚える。

もう一人の自分が、『あなたはもう充分にやった』と囁《ささや》きかける。

あるいは、恨みごとを呟《つぶや》いているような気もした。

高みなど目指さず、山の翁《おきな》と同じように生きようなどと思わず、ただの人として生きればもっと楽に過ごせたのに、と。

かと思えば、『もう楽になれば良い』と甘言を囁《ささや》いてくる。


『何もかも無駄だ』

『ならば、いっそ逃げてしまえば良い』

『例えば、そう』

『あの傭兵《ようへい》の青年と――』


グシャリ、と、名も無きアサシンは背後から囁《ささや》く己の首を片腕で締め潰した。

「がっ……！」

リアルな感覚があった事に驚き振りかえると、そこには首の骨を折られて苦しむジェスターの姿がある。

「……？」

困惑したアサシンの手を摑《つか》み、己の首の肉を剝がしながら無理矢理離脱するジェスター。

「かっ……ハハ、ハハハ！　やはり折れないか！　だからこそ、君は美し――」

首を歪《いびつ》に曲げたジェスターは最後まで言い終えること無く黒い洪水へと身を落とし、そのまま濁流に呑《の》み込まれて消えて行った。

そこでアサシンは気付く。

己の弱き心の幻影だと思っていたものは、ジェスターが見せていた幻術の類だったのだと。

「……」

――あの程度では、滅びぬだろうな。

追う事も考えたが、黒い洪水に身を堕《お》とすのが危険だというのは嫌でも解《わか》る。

元から魔の者であるジェスターならばともかく、サーヴァントの自分が落ちた場合どのような影響があるか計り知れなかった。

安全な場所など何処《どこ》にも無い状態となったが、アサシンは不思議と落ち着きを取り戻す。

冷静になった後、名も無きアサシンは呼吸を整え、どこか吹っ切れたような顔で空を見た。

「本当に、私は未熟だ」

荒れ狂う風の中だが、驚くほど視界が澄み渡って感じられる。

ジェスターの囁《ささや》きにより、一人の傭兵《ようへい》の得た信仰を思い出したからだ。

――「俺は……たとえこの街が破壊されようと、繰丘椿《くるおかつばき》を救う手を探す」

彼は、あの傭兵《ようへい》は、『街が破壊されようと』救う手を探すと言ったのだ。

大きな力による滅びを受け入れながらも、それを受け入れた上でなお、あの少女を救うと。

「私よりも、シグマの方が余程強い」

どこか晴れやかな面持ちになった彼女だが、それは、一つの決意を示していた。

——運命がこちらを試す事はない。大いなる流れはすでに定められているのだから。

——ましてや、私が運命《神》を試す事など、あってはならない。

明鏡止水。

周囲の風雨も、足元の濁流も、周囲に飛び交う殺意の嵐すら遠く感じられる。

己の人間性を全て捨てれば、過去に『山の翁《おきな》』となった偉大なる御方達の模倣を、全て一つとし、人を辞めれば、あの巨獣も、異邦の力を持つ女も止められるかもしれない。

——怖《おそ》れなどない。

——私はただ、なるべきものになるだけだ。

——私の未熟なる感情など、全て捨ててしまえばいい。

名も無きアサシンは、ただ己の道を貫くべく、感情すら置き去りにしようとした。

霊基の根底そのものを蠢《うごめ》かせ、己という自我を消し去る何かになろうと。

だが——

その霊基の変化が、ピタリと止まる。

「……？」

己の過去、人格、肉体、感情——積み上げてきた物の全てを消し去る覚悟で宝具の名を唱えようとした名も無きアサシン。

しかし、その言葉を口にする事はできなかった。

目の前の景色から急に音が失われ、続いて暴風による空気の流れも完全に消え失《う》せる。

自分の呼吸音すら聞こえず、アサシンは何者かの手によって己の聴覚が失われたのではないかと錯覚した。

耳をすますと衣擦《きぬず》れの僅かな音が聞こえ、おかしくなったのは己の耳ではなく、周囲の空間との関係性であると気付く。

厚みの無い影の中に囚《とら》われたかのように、自分の存在が世界から隔離されていた。

より正確に言うならば、自分という存在が、世界との間に挟み込まれた『影』によって断絶されている。

透明な影。

そうとしか言い様がない、奇妙な感覚のものに包まれている。

身動きはできない。

だが、周囲の暴風や戦闘による衝撃が飛び交う中、彼女は何一つ影響を受ける事なく同じ場に立ち続けていた。

いや、立っているのか座っているのかももはや解《わか》らず、自分の手足を見る事すらできない。

もしや、自分は既に消滅しかかっていて肉体を全て失ってしまっているのでは？

そんな事を思い浮かべる程、あまりにも唐突に世界と隔絶されたのだ。


すると、そんな彼女の視界に変化が現れた。

ランサーの攻撃をバーサーカーが逸《そ》らした余波により、近くにあった大樹が大きくしなる。

そして、散りかけていた葉の一枚がアサシンの前を通り過ぎた時――

一瞬前まで無かった物が、視界の中央に浮かんでいた。

世界の中に溶け込むように、『それ』はただ自然とその場に浮かんでいる。

『それ』とは即《すなわ》ち――


死という概念を象徴するかの如《ごと》き、一枚の髑髏《どくろ》面。


刹那、名も無きアサシンの時間が止まった。

疑問を挟む余地などない。

まさか、と声を上げる必要もない。

彼女の生前の記憶が、魂が、鍛え上げた肉体が、今は魔物に穢《けが》されてしまった信仰が、一糸《いっし》の乱れもなく『それ』が何であるかを理解していた。

顔の皮膚に、感覚が戻る。

己の目から、自然と涙がこぼれ落ちるのを彼女は感じ取った。

髑髏《どくろ》面はただそこに在り続け、奇妙な事に、声は彼女の周囲より響く。


『……何故《なぜ》、訪れた』


人間の声。

だが、それは奇妙な事に、アサシンを取り囲む周囲の世界全てから聞こえて来た。

影の中に閉じ込められたと本能的に感じていたアサシンだが、彼女は即座に理解する。

己を封じ込めたこの影こそが、尊き方々そのものであるのだと。


『……何故《なぜ》、山を目指した』

静かに、ただ静かに問われる言葉が、アサシンの魂に沈み込む。

厳しく叱責するようでもあり、優しく包み込むようにも感じられる不思議な声。
アサシンは、声をあげる事もできなかった。
己の在り方に関する、一つの根幹を曝《さら》け出《だ》させようという問いかけ。
だが、名も無きアサシンは、問いに対する答えなど持たない。
正確に言うならば、答える資格を持たない。
彼女自身が誰よりもそう考えていた。

狂信者が求めたものは、証《あかし》だった。
自分が確かに信仰者であったと、神の信徒であったと言えるだけの証《あかし》。
それを求める事自体が未熟だと気付いたのは、ずっと先の事。
生を終え、英霊となった今はとうにその未熟に気付いている。

だが、だからこそ、英霊となった今だからこそ解《わか》らぬ事もあった。
何故《なぜ》、自分は『証《あかし》』などを求めたのか？
より多くの人を救う力が欲しかったのか？
自分の信仰心を他者に知らしめたかったのか？
証《あかし》によって得る物も含め、己の全てを偉大なる流れに捧《ささ》げたかったのか？

集団の長となり、世界そのものを変えたいという傲慢な願いだったのか？
あるいは——とても小さな、個人的な欲望であったのか。

もはや、原初の記憶は彼女の中から消え去っている。

ただ、『未熟であるが故に自分は証《あかし》などを欲《ほっ》していた』という後悔のみ。

始まりの理由など、長く厳しい修行の最中に捨てたのだ。

尋常ならざる苦行の果てに、肉体と精神を生来とは別のものへと組み替える。

歴代の『ハサン・サッバーハ』が持つ十八の御業《みわざ》をその身に修めるには、何もかもを犠牲にする必要があった。

本人は決してそれを認めないが——

彼女は、ある意味では誰よりも才覚があったのかもしれない。

苦痛を捧《ささ》げ、過去を捧《ささ》げ、未来を捧《ささ》げ、感情の多くも失った。

己の名も、始まりの願いと祈りすら、彼女は全て捧《ささ》げた果てにここに立つ。

だからこそ、彼女は彼女だけの高みに達したのだ。

それ故に、そうして生きてきたが故に、彼女はその『問い』に答える事ができない。

己の始まりを問われている。

だが、その始まりは、信仰に邪魔であると捨て去っているのだ。

身動きが取れず、言葉を吐き出せない状態だが――

元より、自由に話せたとしても答えられよう筈《はず》などないのだ。

信仰に身を置いた理由ならば答えられる。

そうでなければ、シグマに芽生えた信仰を喜ぶ事も、聖杯を求める魔術師達に攻撃を仕掛ける事もなかっただろう。

だが、問われているのは、『山を目指した』その理由。

かの方々が『山』と言った時、それは一つの名を意味する。

ハサン・サッバーハ。

彼女が身を置いた宗派において、特別な意味を持つ名。

自己矛盾となるが、高みを目指した理由など、今さら答えられよう筈《はず》もないのだ。

声を上げられぬ状態とは言え――抗《あらが》おうともせず、悲しげな顔で沈黙する彼女の心の内を読み取ったか、『声』は更に続けた。

『汝《なんじ》の気配は、この地に喚《よ》ばれし時より感じていた』

「！」

『そして汝《なんじ》は今、大いなる流れを前に覚悟を示した』

淡々とした調子のまま、『声』は名も無きアサシンに宣告する。

『……やはり、汝《なんじ》は我らとは違う』

拒絶とも取れる一言が、彼女の世界に響き渡った。

ただ言葉の意味だけを受け取れば、アサシンが自己崩壊を起こしかねぬ程の言葉。

しかし、彼女はその言葉を受け入れた。

——当然だ。

——私如《ごと》きの未熟を、拒絶し、否定して下さっただけでも畏れ多い。

自分を恥じつつも、彼女は思う。

この御方は、私を止めに来たのだ。

声を聞けば解《わか》る。

彼《か》の御方は、聖杯など、求めていない、と。

その声には傲慢も欲望もなく、世界の一欠片《かけら》としてそこにいる。

完成されていた。

自分のような未熟な存在とはまるで違う。

——ああ、ああ、そうか。私はまた間違えたのだ。

——過去の聖杯戦争に喚《よ》ばれた偉大なる方々も、聖杯など求めていなかったに違いない。

——私一人の思い違いで、聖杯と魔術師に怒りを覚え、多くの者を傷つけた。

――憎しみと悲しみに囚《とら》われた。

――この御方は、きっと私を罰しに来たのだろう。

「恐れながら」

気が付いたら、彼女は声を上げていた。

いつの間に言葉が戻ったのかは解《わか》らないが、それが自然の摂理であるとばかりに、彼女は言葉を紡《つむ》ぎ出す。

「私と共に過ごしていた者達……シグマとアヤカ・サジョウ、そしてツバキという少女、この地に生きる民の多くは、私の未熟故に災禍に巻き込んだだけです。彼らは己の歩む道を外れた行いは何一つしておりません。我が身は奈落にて幾度焼き刻まれても構いません。彼《か》の者達には、どうか、寛大なる裁きを……」

彼女の心は、既に決まっていた。

もしも目の前にいる偉大なる先達が、自分と行動を共にした者達までをも断罪するという御心ならば――自分は、闇の果てに堕《お》ちる事すら受け入れてでも――即《すなわ》ち、目の前の真なるアサシンに牙を向けてでも、全てを己一人の罪に塗り替えると。

だが――

『それを決めるのは、我でも汝《なんじ》でもない。神罰を行使する資格など、人は誰も持ち合わせぬ』

「……！」

髑髏《どくろ》面が見透かすように告げ、アサシンは再び己の未熟を恥じ、それでも自らが今回の召喚で出会った人々の無実を伝えようとしたのだが――

それよりも先に、『声』が告げる。

『汝《なんじ》は、我らとは違う。だが……ただ、違うという、だけの事だ』

「……？」

『汝《なんじ》は生のある内に、それに気付くべきだった』

相手の言葉の意味が解《わか》らず、名も無きアサシンは静かに目を上げた。

髑髏《どくろ》面の眼下にある漆黒の孔《あな》が彼女を見つめているような気がする。

そして、声は変わらずに彼女の周囲、影の世界の全てから響き渡った。

『迷い、惑い、狂い、焦がれ、求めるが故に我らは山の頂きへと到《いた》り、そこから逃れられぬからこそ、始まりの御方の慈悲をもって幽谷へと還《かえ》る』

ゆっくりと語り掛けるように、『声』は名も無きアサシンの身体《からだ》と魂――彼女が英霊に到《いた》るまで積み上げた霊基《人生》そのものに、ただ言葉だけを染《し》みこませる。

『汝《なんじ》は、歩む者だ』

世界に刻まれし影は――

真なるアサシンとしてこの場に形を持ったアサシン――ハサン・サッバーハは、目の前の影の内に保護した、一人の敬虔《けいけん》なる信仰者へと告げた。

『我らが護るべき民であり……我が身を捧げし信仰だ』

「────」

言葉を失った名も無きアサシンに対し、ハサンは静かに続けた。

『始まりの翁《おきな》は、汝《なんじ》の選択を否定するであろう、山は、幽谷は、汝《なんじ》を拒絶するだろう』

そして、次の瞬間、名も無きアサシンは己の変化に気付く。

先刻まで遮断されていた音と、肌を滑る風の感覚が戻り始めており、自分の身が『透明の影』より解放されたのだと理解した。

「なれば……」

声は、いつしか一つの方向より聞こえている。

見ると、髑髏《どくろ》面の周囲に漆黒の影が広がり、一人の人間の身体《からだ》を形作っていた。

「その帰路を示すのが、連なる影たる我の役目」

奇妙な言葉を口にした後──

これまでの機械的な声色とは違い、どこか慈愛に満ちた声を残し、彼はその身体《からだ》と髑髏《どくろ》面を

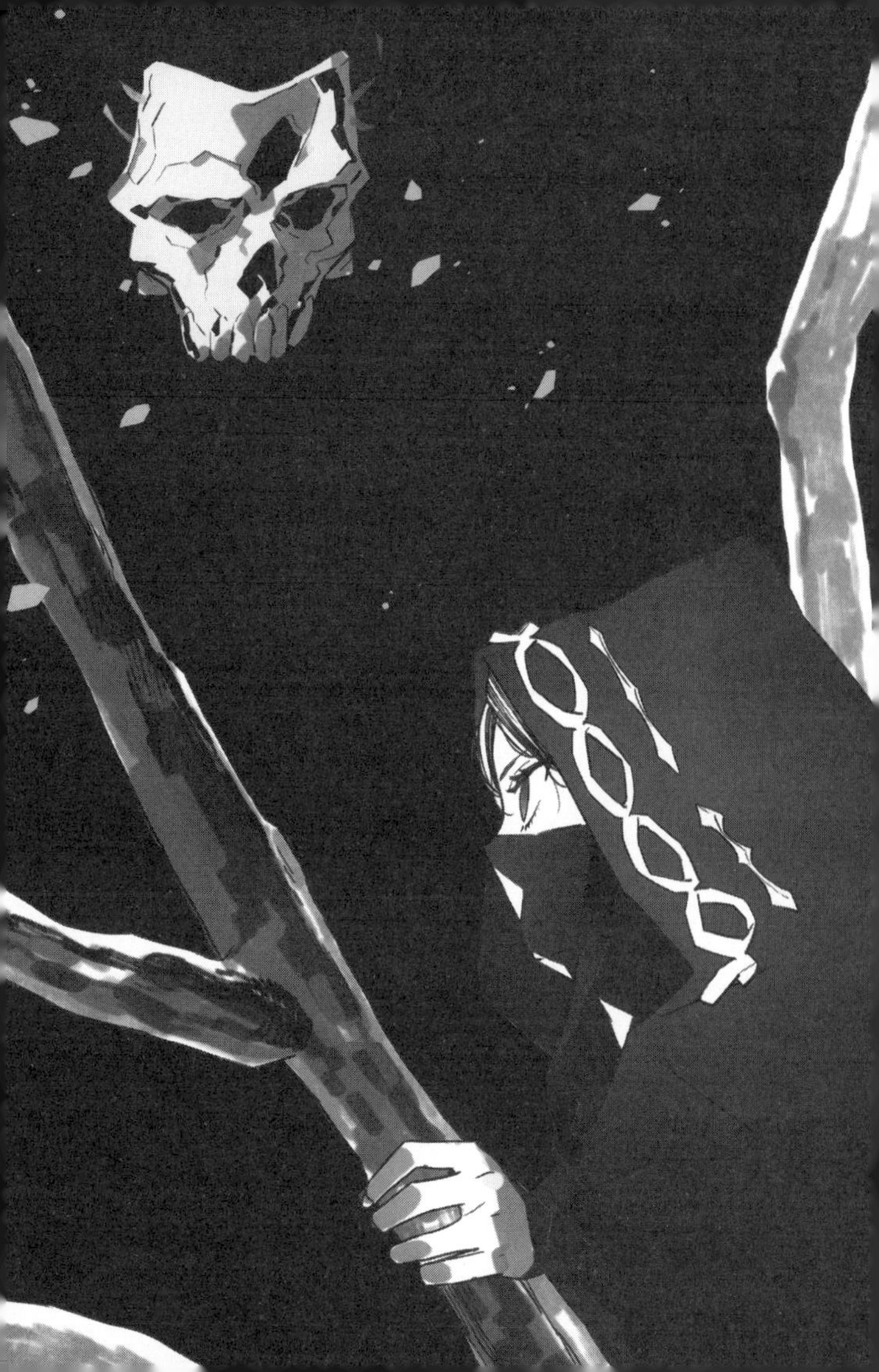

黒き濁流の『影』の中へと溶け込ませた。

「歩むがいい。信仰者よ」

果てなき呪いの中であれ、聖なる霊廟《れいびょう》の中であれ、『影』は等しく『影』であると示すかのように。

「大いなる流れの中に、汝《なんじ》は何も捨てる必要などない」

×　　×

工場街
「……これ以上は、千日手か」

牽制《けんせい》ではなく、本気で薙《な》ぎ払《はら》うための魔矢を放ち続けた筈《はず》だ。

だが、未《いま》だに天の牡牛《おうし》は前足すら健在のままであり、神殿そのものにも確たるダメージを与えられた様子はない。

天の牡牛《おうし》の動きを封じ続ける時点で凄《すさ》まじき偉業であるのだが、そんなものはアルケイデスにとってはなんの意味も無かった。

彼は別段、人や街を守る為《ため》に戦っているわけではないのだから。

一度弓を下げ、アルケイデスはマスターへと念話を送る。

「……マスター、多少魔力を多く使うが、構わんな」

どの程度だと、淡々とこちらに問う意志がマスターより伝わる。

「使える限りだ」

あっさりとそう答えた後、アルケイデスは一言だけ付け加えた。

「事を成し得れば……もはや魔力の供給は不要となる」

×　　　×

神殿上部

森の変質の中心に聳《そび》える、ネオ・イシュタル神殿。

その上部に立ち、エルキドゥとアルケイデスを相手取って尚《なお》も世界を蹂躙《じゅうりん》し続ける女神の残響──フィリア《イシュタル》の背後に、一つの『影』が舞い降りる。

影は影に過ぎず、神殿の屋根の下の暗がりが幾分色濃くなっただけに過ぎない。

具体的にその姿を見たわけではないが、イシュタル女神は自らの権能の範囲内に入り込んだその存在が確かにそこに居るという事を確信して、背後に立つ影に問い掛けた。

「……誰？　私に何か用？」

「異郷の天空を名乗りし、夕星《ゆうづつ》の残光よ」

影は闇に溶け込み、ただ、声だけを周囲に響かせる。

ファルデウスのサーヴァントであったアサシン――ハサン・サッバーハ。

あるいは、世代を示す助数詞を持たず、『幽弋《ゆうよく》のハサン』として、同じハサン・サッバーハの名を襲名した者達だけに知られた存在が。

あくまで他者よりの呼称に過ぎぬが、時に『初代の影』とさえ呼ばれし、異質なる髑髏《どくろ》面。

彼はただ、女神を名乗る女に、影の中から言葉を告げた。

「祖の持つ原初の刃に成り代わり……汝《なんじ》に、晩鐘を届けに来た」

幕間

『役者の貯蔵は充分か？』

スノーフィールド市内

「……流石《さすが》に、力のある魔術師はそこまで残ってはいない、か」

雲が西の台風に吸い取られ、青空が見えているスノーフィールド市街地。

それにも拘《かか》わらず暴風雨が吹き荒れているという、狐《きつね》の嫁入りもかくやという天候の中、シグマは慎重に歩を進めていた。

「台風が魔術的なもんだと気付いた時点で、大半は逃げ出していたからな。まあ、これでも残るような自信家もいるようだが」

「……そういう輩《やから》は、慎重に接触すべきだな……。魔術師だろうと魔術使いだろうと、隙あらばこちらを利用しようとする奴《やつ》が大半だ」

「お前がそれを言うのか？」

少年騎士の姿を取った『影法師』の言葉を、シグマは敢《あ》えて黙殺した。

実際の所、【イバラ】をはじめとする、ファルデウスに切り捨てられた特殊部隊はあらかた接触を終えている。

砂漠地帯にもまだ部隊はいるが、フランチェスカ達もその近辺で活動していた為《ため》、迂闊《うかつ》に移動するのは危険と判断した。

通信網は途絶したが、魔術的なファルデウスの監視網はまだ生きている。

ウォッチャーの視点による情報を元に、その監視を避けながら街を進む中、不意に老船長の姿を取った『影法師』が語り掛けてきた。

「クク。しかしまあ、まだ俺達を『チャップリン』として扱うとは思って無かったぜ」

「気に障ったか？」

「いや、大した度胸だと思ってな。どうせなら、もっと戦争の役に立ちそうな偉人の名前を騙《かた》っておいた方が良かったんじゃねえか？　アーサー王とか、カール大帝とか、メフメト2世とかよ」

名だたる英傑の名を上げる老船長に、シグマは少し考えた後に首を横に振る。

「前にも言ったが、一番最初に浮かんだ……尊敬できる偉人の名前だ。そうじゃなきゃ、相手も俺の言動を不自然に感じるだろう？　彼らはプロだ、細かい違和感から簡単に嘘《うそ》を見抜く」

「いや、喜劇役者が英霊っていうのが一番不自然だからね？　そもそも、流石《さすが》に近代過ぎて英霊の座にはいないだろうし……」

蛇杖《へびづえ》の少年と化した英霊の言葉に、シグマは無表情のまま言った。

「彼らはそこまで深く聖杯戦争について知ってるわけじゃない。というか、俺も現代に近いと英霊になりづらいとか知らなかったしな」

「神秘は薄れる一方だからね。それこそ世界そのものと守護者契約でもしないと無理だろうさ。まあ、古ければいいいってものでもないんだけれどね。聖杯の質によっても、呼べる英霊と呼べない英霊が変わる時がある。より縁が深い英霊が呼ばれる事が多いから、例えば大本が欧州の魔術師に由来することと冬木《ふゆき》の聖杯で、東洋や……この米国大陸に縁深い英霊を呼ぶ事は少し難しい。土地の霊脈よりも、大聖杯の性質の方が優先されるからね」

「そうか……そういう意味じゃ、チャールズ・チャップリンはイギリス出身だから安心だな」

「えっ、そこ、拘《こだわ》るところ？」

苦笑する『影法師』だったが、不意にその姿を飛行帽の女性に変えて言った。

「ティア・エスカルドスだけど……この街に戻って来たみたいね」

「！　目的地は？」

「西の森の上空、台風スレスレの所で様子を見てるみたい。やたらと北の渓谷の方も気にしてたけど、あそこに集まってる魔術師達の件でしょうね」

「そうか……」

追加された情報について考えながら歩むシグマに、日本の老剣士のような姿になった『影法師』が問う。

「ますます西が混乱する事になると思うが、続けるのか？」

「ああ、俺は俺の仕事をするだけだ」

そこでふと考え込み、『影法師』に問い返した。

「ところで……さっきの飛行帽の彼女は、近代の人間じゃないのか？」

すると、少年騎士の姿になった『影法師』が答える。

「俺達『影法師』は英霊というわけじゃない。ウォッチャーが観測してきた世界の中から条件にあった情報記録を人格ごと再現してるだけだから、現代も古代も関係ない。まあ、コピーという意味では同じでも、こっちは本当に単なる情報の集合体だけどな」

「超高性能のＡＩみたいなものか。その内、効率の良《い》い呪文や魔法陣をＡＩが考案する時代が来るかもしれないな」

「ああ、北の方に集まってる連中に、そういう方面が得意そうなのが居たな……」

「北か……。市内には、あとどのぐらい魔術師が……。……！」

そこで、シグマは前方に人影を見つけ、隠形《おんぎょう》の為《ため》の魔術を発動しながら路地に身を隠した。

暴風雨の中を歩いていたのは一人の警官であり、警察署長の部下の一人と思われる。

「……警察、か」

少し考えた後、シグマは問う。

「……警察署長とやらは、今も署内に居るのか？」

街の中を自在に把握している『影法師』に問うと、筋骨隆々な狩人《かりゅうど》の姿に変わりつつ残念そうに言った。

「ああ、いるぜ？　残念ながら、ヴェラって綺麗《きれい》な姉ちゃんは北の方に話し合いに行っちまったけどな。っつーか、俺も『影法師』だからああしろこうしろとは言わねえけどよ、北の峡谷には魔術師のお姉ちゃん達が多いんだが、仲間に加わるつもりってない？」

「ないな……フランチェスカやファルデウスの身内だった俺が受け入れられるわけがないだろう。警察の人間があそこにいるのが不思議なぐらいだ」

「ちぇーっ」

無念だとばかりに拗《す》ねて消えた狩人《かりゅうど》の代わりに、再び老船長が現れてシグマに言った。

「で、どうするんだ？　警察署長の居場所を聞いたって事はよ……行くつもりなんだろ？　小僧」

少し間をあけた後、シグマは意を決して口を開く。

「……ああ。役者は多い方がいい」

「あんまり登場人物を多くし過ぎると、纏《まと》まるものも纏《まと》まらんぞ、小僧」

「人の話まで纏《まと》める必要はない。……俺は、俺の喜劇だけを完成させればそれでいい」

「喜劇ねえ、お前さんが好きなのは知ってるが、自分でも演じようなんて思うもんか？」

老船長の皮肉交じりの言葉に、シグマは僅かに過去を思い出しながら言葉を紡《つむ》ぎ出した。

「……俺は、現実の中では、どちらかというと悲劇に近いものばかり見てきた気がする。喜劇だとしても、登場人物が悲惨な目に遭うのを笑うタイプの奴《やつ》ばかりだ」

ラムダやタウといった、幼き日からの同胞達の事を——あるいは、顔も知らぬまま冬木《ふゆき》の地で死んだという母親の事を考えながら、シグマは冗談のような天候の空を見上げる。

「一度ぐらいは、誰かと一緒に笑って終われる喜劇って奴《やつ》を演じてみたくなった」

別《わか》れ際《ぎわ》に微笑《ほほえ》んだ名も無きアサシンの顔を思い出しながら、シグマは再び歩み出した。

「まあ……笑いながら死んで終わりというオチもあり得るけどな」

×　　×

スノーフィールド警察署　署長室

署長室のデスクの上に置かれた魔術的な観測機器を用いて情報を集めていたオーランド・リーヴは、警察署の結界の一部が破損した事を感じ取った。

「……暴風の影響か？　いや……」

西の混乱に合わせて襲撃してきた侵入者という可能性は大いにありえる。

最初に力尽くで乗り込んで来たアサシンの脅威や、搦め手《からて》で署内を制圧したフラット・エスカルドスの事を思い出しながら、オーランドは慎重に結界の様子を探った。

どうやら裏口の結界が破壊されたらしい。

巧みに魔力を操作して解除したわけでもなければ、力尽くで壊したわけでもなく、一般的な魔術師や魔術使いがオーソドックスな方法で解除したと思《おぼ》しき形跡があった。

「……」

ヴェラをはじめとした警官隊の三分の一は北の峡谷に共闘関係を結びに出払っており、残る人員のうち半分は署内の防備、ジョンを含めたもう半分は街の巡回に当たらせている。

なお、一般の警官達はパトカーで巡回を始めていたり、破損箇所がありそうな場所、あるいは火事場泥棒のような真似《まね》が起こらぬように通常の災害時と同じ業務を行っていた。

魔術回線で署内の『二十七人の怪物《クラン・カラティン》』に指示を出そうとしたオーランドだが、その直前に、内線電話が鳴り響く。

──流石《さすが》に、内線はまだ通じるか。

街の外部への通信が遮断されている事は確認済みだ。

ファルデウス達がいよいよ本気で街そのものを畳みにかかっているという事を実感しながら、オーランドは受話器を取る。

「私だ」

『オーランド署長か？』

「……何者だ？」

内線電話は、第二資料室からのコールを示していた。

魔術絡《がら》みと思《おぼ》しき事件の資料を偽装した上で保管している部屋であり、普段は署員が立ち入らない場所となっている。

『真なるランサ、、、、、、、、ーのマスターだ。シグマと言えば解《わか》るか？』

「……ああ、フランチェスカのお気に入りだろう」

『フランチェスカからの伝言はない。俺の独断だ。あいつなら直接会いに来るだろう？』

「……ふむ」

その物言いと声から、確かにシグマ本人であると思えた。

だが、何らかの偽装という可能性もある為《ため》、署長は慎重に尋ねる。

「なぜ、結界を破った？　こちら側の人間なら正面から来れば良いだろう」

『ファルデウスに知られると不味《まず》いからだ。フランチェスカにも……なるべくならバレない方がいい。あいつは意味もなくこちらの妨害をしてきそうだからな』

「それについては同感だ。……それで、要件はなんだ？」

実際の所、この電話そのものがフランチェスカの幻術だと言う可能性もある為《ため》、警戒を続けながら慎重に相手の言葉の続きを待った。

『貴方《あなた》の英霊……アレクサンドル・デュマの力を借りたい』

「……フランチェスカか、ファルデウスから聞いたのか？」

『いや、自力で調べた。この街が明日で終わりという事も既に知っている』

「ふむ……」

──非常事態を察し、マスターとして共闘を持ちかけてきたという事か。

──北の同盟ではなくこちらを選んだ理由はなんだ？

──そもそも、魔術使いならば状況を把握したなら逃げてもおかしくはないだろう。

いくつもの疑問が浮かぶ中、署長が問う。

「こちらがサーヴァントの力を差し出すとして、君には何が差し出せる？　私は君のサーヴァントすら知らない状況だと言っておこう」

すると、電話口の向こうから強い意志の籠もった言葉が聞こえて来た。

『全ての情報だ』

「なに？」

『俺が知り得た、全ての情報を教える。代わりに、デュマの宝具の力を借りたい』

「曖昧だな……例えば、何を知っている？」

探るように尋ねる署長に対し──

電話の先の交渉相手は、間を空けずに言う。

『まず一つは、俺のサーヴァントがランサーというのは嘘《うそ》だ』

「……最初の情報として『数秒前の言葉は嘘《うそ》だ』などと言い出す輩《やから》を信じろと？」

そんな皮肉を言いつつも、署長は一考した。

──顕現したサーヴァントの事を考えれば……確かに残る英霊はランサーの可能性が大きいが、違うと言うなら、確かに気になる情報ではあるな。

『いきなり本当のサーヴァントを伝えても混乱されるだけだと判断した。これはファルデウスにも隠している情報で、貴方《あなた》の他に知る者はいない』

「なに？」

『それを踏まえて、もう一つ……貴方《あなた》にとって最重要とも言える話が一つある』

署長がその情報に興味を引かれたのを察したのか、交渉相手は続けざまに情報を開示する。

それは、署長にとってにわかに信じがたく、さりとて真実であれば非常に重要な爆弾となる情報であった。

『貴方《あなた》の部下……【二十七人の怪物《クラン・カラティン》】の中に、バズディロットに情報を流している奴《やつ》がいる』

「なんだと⁉」

『だから、バズディロット・コーデリオンは既に知っている。警官隊だけじゃない、多くのマスターが共闘の為《ため》に北に集結している事も、街全体が危険だという事も。それを理解した上で、奴《やつ》は準備を始めている』

「準備だと……？」

焦燥を必死に抑え込みながら、署長は更に問う。

そして開示された情報は、署長の眉間の皺《しわ》を増やすに充分な内容だった。

『混乱に乗じて矯正センターかクリスタル・ヒルの地下を襲撃し、大聖杯を処理する前にファルデウスを殺すつもりだ』

二十六章
『神代と現代　――成熟――』

うらやましいなあ、と。

かつて、一人の少女がエルキドゥに対してそんな言葉を口にした。

エルキドゥという存在が、永遠に変わらぬ存在である事が、羨ましいのだと。

動いただけで形が変わる泥人形の自分に何を言っているのかと、当時のエルキドゥは相手の言葉を論理的に理解できなかった。

しかし、その少女が言うには、姿がどれだけ変化しようと、『エルキドゥ』という存在は変わらないのだという。

たとえ何が起ころうと、これからどれだけ多くの人間と出会おうと、神に断罪されようとも、きっとエルキドゥの本質は変わらないのだと。

死にゆく事となっても、大地に還《かえ》る日が来ようとも、永遠にエルキドゥは変わらない。

世界から人と土が無くならない限り、永遠にエルキドゥはエルキドゥのままであり、自分にはそれが何よりも羨ましいのだと少女は言った。

変わりゆく少女が、変わらざるを得ない呪いをかけられた一人の少女が——それでも、運命に抗《あらが》いながらエルキドゥに願う。

忘れないで欲しい、と。

少女はただ、そう言った。

自分の事を、自分『達』の事を、忘れないで欲しいと。

変わりゆく自分は、やがて全てを忘れてしまうかもしれないと、少女はそれを死ぬ事以上に怖《おそ》れていた。

だからこそ、彼女は『変わらない』エルキドゥに願ったのだ。

せめて、誰か一人にでも、自分達の事をずっと覚えていて欲しいと。

エルキドゥは、約束した。

まだ人の形を持たなかった彼《彼女》は、製造されて初めて『約束』というシステムを学習し、それを己の基幹に取り入れる。

事実、エルキドゥは少女の言葉も願いも覚えていた。

会う度に『自分達のことを、まだ覚えていてくれるのか』と嬉《うれ》しそうに、あるいは寂しそうに尋ねてくる少女の言葉を、エルキドゥは不思議な気持ちで聞き続ける。

だが、やがて別れの時は訪れる。

神々の意向により、エルキドゥは初めての友となったその少女の元を離れ、ウルクという都市の側にある森へと送られる事となった。

それでも、最後までエルキドゥは少女の言葉を聞き続ける。

約束をしたからだ。

彼女達の情報を自らの記憶領域に焼き付けようと、エルキドゥは毎日真剣に少女の言葉に対して聴覚センサーとメモリを稼動《かどう》させる。

だが、別れの日。

エルキドゥが最後にその少女から聞いた言葉は――


――「　　　お前は……誰だ？　　　」


その後、エルキドゥはシャムハトをはじめとする多くの人間達と出会い、姿を変え、神々の手を離れて冒険を繰り広げた。

だが、最初に出会った『人間』である少女の言葉を、少女達の生きた記録を、エルキドゥが忘れる事は決してなかった。
シャムハトと寝食を共にした時も。
彼女に送り出され、一人の王と出会った時も。
その王と三日三晩の戦いを繰り広げた時も。
エルキドゥは、決して少女達の事を忘れなかった。
ウルクの麦畑を駆け抜けた時も。
プラトゥムの川を葦《よし》の筏《いかだ》で下った時も。
エリドゥの森を駆け抜けた時も。

ギルガメッシュが、レバノン杉の森を切り開くと宣言した時も。

その森の番人こそが、最初の友である子供達だと知った時も。
神の理《ことわり》を破って番人を殺せば、いずれ自分が悲惨なる死を迎えると確信した時も。
番人と相対した時も。
ギルガメッシュが、その番人の手により殺されかけた時も。
その番人を自らの手で撃ち倒した時も。
かつての友の形が無くなるまで、自らの手で解体している最中でさえ——

エルキドゥは、決して少女達の事を忘れる事は無かった。

曖昧なる過去の記録、あるいは記憶の中で、少女達の言葉だけはハッキリとエルキドゥの肉体にも魂にも焼き付けられている。

だが、思い出せない事もあった。

約束を交わす前、少女と初めて会った時に咲いていた花の色。


その色を思い出せぬ事が、エルキドゥのシステムに軋《きし》みの音を走らせ続けた。

×　　×

現在　ネオ・イシュタル神殿

「……今の君に問いかけたい事はあるけれど……やっぱりイシュタルを排除しない限り、それは難しそうだね」

僅かに寂寞《せきばく》とした言葉と共に繰り出されたエルキドゥの一撃を、災厄の光が受け止める。

光り輝いてはいるが、その中に込められているのは疫病と熱波、そして戦争という現代に合わせた災厄の概念を凝縮したエネルギーの奔流だ。

攻勢に回せば一撃で街の一角を破壊できる程の魔力を、全て防御に回して受け止めるバーサーカー。

エルキドゥという神造兵器を前にして、それは正しい判断だった。

イシュタル女神の加護を受けたハルリの魔力をもってしても、防戦で凌《しの》ぐのが精一杯という状況である。

先だって令呪を用いた事で、守護の巨怪としての力は最大限に引き出している状態なのだが、元より『守護を果たせなかった』という結果が世界に刻まれている上に——今の相手は、伝説においてその守護を打ち崩した本人だ。

相性としては最悪の状態であるが、それでも神殿まで彼《彼女》を突破させずに耐えているのは、ここがレバノン杉の森ではなく、イシュタル女神が鎮座する神殿の正面であるという事が大きいだろう。

バーサーカーはその巨軀《きょく》からは考えられぬ程の俊敏さで立ち回り、エルキドゥの正面突破も搦《から》め手《て》も紙一重の所で凌《しの》ぎ続けた。

どれほどの攻防が繰り広げられただろうか。

このまま千日手となり、先に復讐《ふくしゅう》者の毒蛇と天の牡牛《おうし》の争いに決着がつくのではないかと思われたその時——

得も言われぬ違和感が、エルキドゥの全身を駆け抜ける。

「これは……」

生前も含めて、味わった事のない奇妙な感覚だった。

数瞬前まで確かに存在しなかった筈《はず》のものが、エルキドゥの拡《ひろ》げた気配感知の領域の中に突然染《し》み出してきたのである。

令呪による瞬間移動とも違い、『存在しない』という因果を否定して『存在していた』という形に塗り替えたかのような不気味さだった。

何よりエルキドゥが驚いたのは――

その『何者か』が顕現したのが、神殿の上部で周辺の空間を操っているイシュタル女神本人の真後ろだった事である。

イシュタルの様子を見ると、彼女もエルキドゥから数秒遅れる形で、突然現れた何かに気付いたようだ。

背後に意識を向けながら、何かを喋《しゃべ》りかけている姿が視認できる。

「驚いた。僕のレーダーを潜《くぐ》り抜《ぬ》けるステルス機能を備えているだなんて」

素直に感心すると同時に、それがアサシンの霊基を持つ存在だろうと推測した。

別のアサシンの霊基が地上にいる事も確認していたが、それとは全く事なる、曖昧でありながら非常に重い存在感を持ち合わせた英霊である。

これほどの存在感を内包しながら、先刻まで完全にその姿を世界の中に隠していた。

その事実だけで、件《くだん》のアサシンが尋常ならざる力を持っていると想像できる。


いずれにせよ、何かしら状況が動く可能性が高い。

そう分析したエルキドゥは、『変容』の力を用いて己の能力を変化させる。

即座には解《わか》らぬように魔力の値を上げ、少しずつ体内にマナを取り込み始めた。

如何《いか》なるタイミングで何が起ころうとも、その瞬間における最善の一手を、イシュタル女神へと振り下ろせるように。

×　　×

ネオ・イシュタル神殿上空

「なんだ……？　あいつは……」

ティア・エスカルドスは、眼下の魔力の流れを分析して、軽い驚愕《きようがく》に包まれていた。

観測していた神殿の周囲の魔力の流れが、ある時を境に劇的な変化を見せたのである。

その切っ掛けとなったのは、神性を持って空間をねじ曲げている、ホムンクルスと思《おぼ》しき女の背後に影が湧き上がった事だった。

神殿の物陰より、世界の中に滲《にじ》む形でひっそりと現れる。

人影がしたのはただそれだけの事だったが、魔力の流れを正確に見る目を持つティアからすれば、その瞬間から世界の色が塗り変わったかのように感じられたのだ。

瞬《まばた》きをした途端、世界が昼から夜に裏返ったかの如《ごと》き衝撃を受け、ティアは僅かに混乱する。

「……『俺』なら……フラットなら、何が起きたか解《わか》ったのか？」

思わず、既にいない半身の姿を求める程に。

ティアは静かに神殿を見据えた後、峡谷の方に視線を向けた。

すると、先刻まで数十人の人影が集まっていた地点に変化が起きている。

人影の大半がいなくなっており、今や十人に満たぬ程しか残っていなかった。

「……これほどの争乱を前にしても、やはり逃げる気はないか……エルメロイ教室」

フラット・エスカルドスが愛した『居場所』の事を思い返すティア。

彼は暫《しば》し沈黙した後、己の周りに小さな衛星を旋回させる。

一回転するごとに魔力が色濃く変化していく衛星をいくつも生み出しながら、ティアは静かに時を待ち続けた。

場合によっては、この土地にある全てを塵《ちり》の中へと消し去る為《ため》に。

×　　×

ネオ・イシュタル神殿上部

「なっ⁉　……イシュタル様！」

背後の異変に気付いたハルリが、イシュタルを庇《かば》うべく駆け出そうとする。

だが、それを手で制しながらイシュタルが言った。

「いいわ、ハルリはあのガラクタをバーサーカーと押し止め続けなさい。あいつ、少しでも隙を見せたらここに突っ込んでくるわよ」

「は、はい！」

不安は残るものの、イシュタルの言葉に逆らう事なく、バーサーカーへの魔力供給に専念するハルリ。

そんな彼女に背を向け、イシュタルは神殿の内部へと連なる暗がりに目を向けた。

イシュタルも、瞬時に認めたのだ。

目の前に現れた『何か』は、自分にとって危険な力を持つ存在であると。

だが、それでも尚《なお》、イシュタルは天空の化身であった。

世界の中に滲《にじ》み出《で》た髑髏《どくろ》面を携えた影の塊に対し、不敵な笑みを浮かべて尊大な態度で相対する。

だが、周囲の風と大地の魅了は解かぬままであり、うねる大地と粘性を持った風が、未《いま》だこちらを刺し貫かんとしている銛《もり》を空中に押し止めていた。

あるいは、一度魅了したものは本当に自我を持ち、疑似生命体としてイシュタルが干渉する必要もなく己の意志で蠢《うごめ》いているのかもしれない。

「それにしても……晩鐘ですって？」

相手が放った言葉を繰り返し、イシュタルはその目を鋭く細めた。

「ジウスドゥラ気取りの幽谷の番人……あいつに連なる影ってわけね」

口調もやや剣呑《けんのん》なものへと変化し、彼女の中で警戒の度合いが緩やかに引き上げられる。

エルキドゥに対する警戒が憎しみと厭悪《えんお》から来る攻撃性に満ちたものだとすれば、こちらは真なる意味での警戒であり、相手の全てを見抜かんという強い敵意を練り上げていた。

彼女は知っているのだろう。

あの『幽谷の霊廟《れいびょう》』の番人であれば、神たる身の上に対しても死という概念を植え付ける事ができるのだと。

「異郷に身を置く私が『神』を名乗るのを許さない……そういう腹づもり？」

どこか挑発するように問うイシュタル女神に、影は静かにその身を揺らめかせた。

「否」

まるで、この空間に存在する全ての『影』が揺らめいたような錯覚を覚えさせる。

いや、実際の所、それは錯覚ではなかったのかもしれない。

「幽谷より出《い》でし我が旅路、その理由を解《かい》したに過ぎぬ」

その言葉が早いか――

髑髏《どくろ》面が裏返り、ハサンは漆黒の影を空中に生み出した。

×　　×

スノーフィールド北西部　地下

一定の大きさで掘られた人工的な洞窟の中に、複数の人影が蠢《うごめ》いている。

セイバーとアヤカ、そしてライダーとそのマスター達が、暗闇の中に魔術の淡い光を浮かべながら歩を進めていた。

「まさか、ここまで大規模な地下道を張り巡らせてたなんてな……」

感心と呆《あき》れが混ざったようなセイバーの言葉に、ライダーが同意するように頷《うなず》く。

「ああ、私も驚いた。僅か数日で渓谷から南の砂漠に到《いた》るまで大地を刳《く》りぬくとは」

「まあ、うちの教室のOB、発掘業者から地脈操作の専門家まで色々いるからね。たまたま今回参加してくれてて助かったわ」

軽い調子で言う凛《りん》に、アヤカが声をあげた。

「もしかしてだけど……この洞窟、あなた達が掘ったの？　自力で？」

「魔術を利用したのを『自力』って言うなら、その通りよ。まあ、大聖杯の周りは流石《さすが》に地下にも結界が張り巡らされてて思うようには掘れなかったみたいだけど」

「大聖杯の位置まで摑《つか》んでるのか」

「まあ、冬木《ふゆき》に比べれば解《わか》りやすかったわ。そもそも、隠す気すらないみたいね」

やや不機嫌になりながら、凛《りん》が答える。

冬木《ふゆき》出身の魔術師という事は、高確率で聖杯戦争の経験者だ。

セイバーはプレラーティに見せられた幻術によって『冬木《ふゆき》にアーサー王が顕現していた』という事を既に知っている。

ならば、この遠坂凛《とおさかりん》という魔術師はアーサー王を直接見た事があるのではなかろうか？

それが先刻からずっと気になっているセイバーだが、アヤカからキツく『その話は後！』と言われてしまっているため我慢している状態だ。

シュンとしていたセイバーだったが、思わぬ所から話がそちらに傾き始める。

「それにしても、ライダーもすっかりその髪型で馴染《なじ》んだよな……」

カウレスという青年の言葉に、セイバーが首を傾《かし》げる。

「ん？　元々は違う髪型だったのか？」

移動中の雑談として放たれた疑問に対し、ライダー本人が答えた。

「ああ、召喚時は生前の髪型で当時の装飾を身につけていたのだが……街で実体化する時に目立つと言われてな、マスターに髪を結い直してもらったのだ」

「ふーん……まあ、俺もよく現代の服装をしてるからな、理屈は解《わか》る」

セイバーは納得したように頷《うなず》いた後、流れるようにその言葉を口にする。

「だから、我らが祖王と似た髪型なのか」

ピタリ、と凛《りん》の足が止まり、ジロリとセイバーを睨《ね》め付《つ》けた。

射るような視線を受け流しながら、セイバーは己の推測を口にする。

「ああ、ライダー殿の真名《しんめい》には俺はもう辿《たど》り着《つ》いてる。その上で、同じぐらい地位の高い人間の髪型として思い浮かぶのは、我らの祖王の事じゃないかと思ってな」

「さっきから気になってたけど……やっぱりあなた、円卓の関係者？」

「ファンを関係者と言っていいのなら、当然ながら関係者だな！　祖王アーサの関係者……良《い》い響きだ！　ありがとう！」

遠回しどころではなく真名《しんめい》に近付くヒントを出すセイバーを見た後、凛《りん》は憐《あわ》れむような視線をアヤカに向けて言った。

「……アンタも大変ね」

「やっぱり、セイバーって聖杯戦争の中ではその……普通じゃないの？」

確認するように尋ねるアヤカに、凛《りん》は遠回しに言葉を返す。

「パトカーの上で演説する映像を見た時は、自分の目か頭がおかしくなったと思ったぐらいよ」

「……だよね」

その意味を即座に理解したアヤカは大きな溜息《ためいき》を吐きだした。

一方で、何かを思い出したセイバーが口を開く。

「ああ、そういえば……そろそろオペラハウスの修繕代も用意しないと──────」

だが、彼の言葉は途中で止まった。

ゾワリ、と、奇妙な悪寒《おかん》がその場に居た全員の身体《からだ》を走り抜けたのである。

「……なんだ？」

「気を付けろ」

警戒するように言ったのは、スヴィンと名乗っていた青年だ。

「今……周りの匂いが裏返り始めた」

匂いというのは良く解《わか》らないが、何かがあったという事はアヤカにも理解できる。

「これは……南西の方からだな」

目を細めながら言ったセイバーは、警戒するように周囲に告げた。

「ああ、俺の供回りの魔術師も警告を出してきた」

「この地下が……何かに侵略を受けてる……。いや……呑《の》みこまれる？」

×　　×

ネオ・イシュタル神殿　上層部

[redacted]が、世界を裏返し始める。

黒い煙や霧とは明確に違う。

湧き上がる、というよりも、周囲の光が一点に吸い込まれていくかのような光景が神殿の中に染《し》みこみながらその領域を広げていった。

イシュタルの周囲を暗闇が包み込み、視界から一切の光を奪い去った。

肌に触れる風の流れすらも消え去った中で、イシュタルの背後から暗き刃が迫る。

だが──それはあっさりと打ち払われた。

ネオ・イシュタル神殿の壁の一部が『魅了』によって操られ、イシュタルがその場から一歩も動かぬまま不可視の刃を防いでみせたのである。

弾いた音が闇の中に吸い込まれ、全く異なる方向から二つの刃が同時にイシュタルへと迫りつつあった。

だが、届かない。

イシュタルはやはり動かぬまま、己の周囲に魅了で浮かび上がらせた石や装飾品でその連撃を防ぎきる。

アサシンの放つ闇の刃には厚みという概念がなく、本来ならば、鋼鉄の盾であろうと戦車の装甲であろうと突き抜けて対象の命に届く代物だ。

強い魔力防御を持つ英霊や魔術師などなら防ぐ事も可能であり、ここまでならば英霊同士の戦いとして常識の範囲内だろう。

だが、暗撃の波は止まらない。

二撃同時に繰り出された直後、今度は頭上と足元、背後の三箇所から同時に不可視の刃が繰り出された。

三つの衝撃音が生じ、再び闇に吸い込まれる。

その音が完全に消えるより先に、四つの斬撃がイシュタルを襲った。

だが、届かない。

五つの斬撃。

六の刺突。

十の刃。

二十。

百。

千。

遂《つい》には全方位から止まらぬ連撃が繰り出されるが、石や装飾品だけではない、空気そのもの、あるいは物理法則すらもがイシュタルによって魅了され、刃が彼女の肌に届くという因果を世界の中から排除する。

通常の英霊が相手ならば、アサシンの刃が相手の霊基を既に闇に帰していた事だろう。

だが、相手は世に染《し》みついた残響に過ぎぬとは言え、神が世に残した神性の一欠片《かけら》。

本来ならば、一人の英霊が相手できるような存在ではないのだ。

「何をするかと思えば……くだらない手品ね」

暗闇の中で、イシュタルが暗殺者に告げた。

「私の姿と声を影の中に隠せば、周りを魅力できなくなるとでも思ったのかしら？　無駄よ、五感なんて関係ない。世界は、私がただここに在ることに魅了される運命なんだから」

空間そのものの色と輝きを消失させせながら領域を広げる『影』を、イシュタルは両手を翳《かざ》して打ち払おうとする。

「不遜よ、晦冥《かいめい》の舟人《ふなびと》」

彼女の放つ言葉は、もはや言霊《ことだま》の域すら超え、世界の理《ことわり》そのものと化しつつあった。

「普通の英霊が相手なら、いくらでも通じたでしょうね。あなたがその気になれば、どんなマスターだろうとサーヴァントに気付かれないまま殺せたかもしれないわ。例えばあの復讐者《ふくしゅう》なんかは無駄に頑丈そうだったから解《わか》らないけれど、そのマスターは人間である以上、今の手品で充分に始末はできたでしょうね」

それが人類や他の動植物にとっての理想かどうかは関係ない。彼女の言葉が、星の表層にとっての理想だった事になる。

「だけど……」

イシュタル女神がカラスを白いと言えば、黒いカラスはこの世から消滅する。結果としてカラスという種が地球から消えたとしても、誰もそれに気付く事すらないのだ。

「天空を前に、影の差す領域があると思わないことね」

染《し》み出す暗闇を否定する形で、神殿の奥へと繋《つな》がる通路の中に輝きが生まれる。

青く澄んだ光。

地上の中に蒼穹《そうきゅう》が生まれ、明星の如《ごと》き淡くも眩《まぶ》しい光が周囲の全てを照らし出した。


そして——その中に浮かぶ影が一つ。

「随分と良《い》い格好になったじゃない」

刃の形に組み替えられた無数のラピスラズリに身体《からだ》を貫かれている、髑髏《どくろ》面をつけたアサシンの姿がそこにあった。

霊核が砕かれており、もはや英霊としての脈動は感じられない。

「晩鐘が聞こえてたのは、あなたの耳の方だったみたいね」


影は影、一つの現象であるが故に、光そのものの中では存在できない。

眼球ではなく世界そのものから光を奪い去るアサシン渾身《こんしん》の目眩《めくら》ましは、イシュタル女神の権能によってアッサリと打ち破られた。

そう思われたのだが——

女神は、根本的な勘違いをしていた。

暗殺者の拡《ひろ》げた影。

無数に繰り出される不可視の斬撃。

それは決して、このアサシンの本質ではなかったのだ。


「……？」


イシュタル女神から、表情が消える。

彼女はそこでようやく、違和感に気付いたのだ。

アサシンの霊核を潰した感覚はある。

だが、霊基が崩壊する様子が欠片《かけら》も見受けられない。

いや、それどころか――

疑念が浮かび、続いて僅かな動揺、そして苦々しげな苛立《いらだ》ちへと彼女の顔と神気が変化した。

「あなた……『理《ことわり》』をねじ曲げる気？」


「否」

影なるアサシンの声が響く。

死んだ筈《はず》の者の声が響く。

霊核を砕かれ、存在できぬ筈《はず》の者の声が、確かにイシュタルの耳元で囁《ささや》かれたのだ。

イシュタルの耳元で聞こえたその声は、遠い過去に世界のどこかで呟《つぶや》かれた言葉の残響のように、遠くあるが故に幾重にも折り重なる形で女神の耳に届いた。

「我は、写し身として焼き付けられしサーヴァント《仮初め》の旅路をここに終える」

真新しく吐き出された言葉の筈《はず》なのに、遙《はる》か昔に告げられた言葉として刻み込まれる錯覚。

「……………！」

「借り受けし無窮なる影の一欠片《かけら》、今こそ幽明の境界へと返上せん」

その言葉と共に──アサシンの遺骸から、凄《すさ》まじい量の『影』が生み出された。

影はまるで黒い爆発のように広がり、再び光を呑《の》み込み始め、神殿内に生まれた空を夜よりも深き闇に染め上げた。

言霊《ことだま》さえ超えた神の理《ことわり》すら抑え込む異質なる技。

本来ならば、一騎のアサシンにできる芸当ではない。

だが、真なる暗殺者は、それを成した。

己の『死』を呼び水とし、初めて発動する自己犠牲宝具。

発動した結果死ぬのではなく、死んだ結果として一つの因果を確定させる。

幽弋《ゆうよく》のハサンとして、『影』と同化する己の技の最奥《さいおう》——
あらゆる時代、あらゆる場に遍《あまね》く存在する『死』の概念と己の霊基を同化させた彼にだけ扱える宝具が、今、世界の中に顕現した。

「——瞑想神経《ザバーニーヤ》——」

×　×

かつて、一人の[redacted]がいた。
後の世に言う暗殺教団とはまったく異なる性質の集団。つまりは一欠片《かけら》も信仰を持たぬ者達の手により、彼らの欲を叶《かな》える為《ため》の刃——『影』として育て上げられた一人の[redacted]、魔術と呪い、錬金と科学の全てを持って[redacted]に造り変えられ、数多《あまた》の[redacted]を[redacted]し、遂《つい》には己を生み出した組織を[redacted]した。[redacted]へと落ちかけていた[redacted]に手を差し伸べたのは、ただただ善良なる[redacted]と、[redacted]の持ち合わせていた純粋なる信仰心であり、それによって、[redacted]は[redacted]何も[redacted]

[redacted]殺し[redacted]

[redacted]救えない[redacted]

[redacted]救われてはならない[redacted]

[redacted]探す[redacted]

[redacted]――

そして、彼は幽谷へと旅立った。

山の奥深くにあるという、冥界と現世《うつしよ》の狭間《はざま》を司《つかさど》る霊廟《れいびょう》を目指して。


過去の大半は、とうに虚無の奥底に溶け消えている。

英霊として世界に刻まれる筈《はず》の霊基情報からも、彼の過去は解け消えていた。

実際は星の記憶を誤魔化す事などできないのだが、世界が感知していようとも、それが誰にも認識されなければ同じ事である。

無論――英霊たる彼自身も含めて。

彼の中に残るのは、半ばシステムと化した自我と、死の間際《まぎわ》に己が全てを捧《ささ》げた理想のみ。


――「馬鹿者め」

生前の彼が旅路の果てに辿《たど》り着《つ》いた山の霊廟《れいびょう》に居たのは、一人の大いなる存在だった。

――「滅びる事も許されぬ影として焼き付けられた手で、汝《なんじ》は何を摑《つか》むつもりだ？」

――「贖《あがな》いの先払いに救いがあるとでも思ったか？　汝《なんじ》の抱いた覚悟が何処《どこ》にも辿《たど》り着《つ》かぬと知りながら、永遠に幽明の狭間《はざま》を彷徨《さまよ》う事を望むのか？」


人の身でありながら、冥界そのものを身体《からだ》に宿したかのような深き影を纏《まと》う死の化身。

彼は、出会った瞬間に『この御方の影となる、永遠に』と理解した。

心に決めたのではない、納得したのである。

何故《なぜ》、己が人と違う特異性を持つ存在として造り変えられたのか、生きる意味もなく死を怖《おそ》れるわけでもないのに、何故《なぜ》歩みを続けたのか。

その全てに、答えが出た。

自分は、目の前の存在の影となる。

それだけで、冥府まで抱き続ける事になると考えていた疑念が全て消《き》え失《う》せる。

感動に噎《むせ》び泣《な》く事も、色濃き死を前に怯《おび》える事もなく、ただ淡々とそう決めた。

安らぎだけが、そこに在った。

なんの為《ため》に生み出されたのか解《わか》らぬ自分が、ようやく辿《たど》り着《つ》くべき場所に到《いた》ったのだと。

――「ならば――首を出せ」


断罪の言葉と、銀の煌《きら》めき。

そして首を通り抜ける、鋭くも慈愛に満ちた風。

生前の彼が最後に感じたものは、影に埋もれた記憶の中であまりにも鮮明に輝いている。

大半が影に沈んだ霊基の中で、何よりも明確に覚えている事だ。

それで充分だった。

永遠に影を彷徨《さまよ》う一つの呪いとして在り続ける。

終わる事無き苦難の旅路を歩む理由など、それだけで良かったのだ。

果てなき道は呪いではなく、長き旅路の果てについに得られた祝福であったのだから。

あるいは、彼の精神性はその時点で既に人ではなくなっていたのかもしれない。

そして――
彼の人生はそこで終わり、一つの『影』が世界の中に焼き付けられた。

×　×

ネオ・イシュタル神殿前

「これは……?」


エルキドゥは、神殿内の異変が更に進行している事に気付いた。

世界と同化する己の気配感知が、今度はハッキリと異常を検知している。

先刻滲《にじ》み出《で》た気配が再び消えたのだ。

だが、異常は変わらずに感知している。

これまでとは比べものにならない異質な状況を、エルキドゥは感じ、聞き、そして見た。

世界の気配そのものが消失するという異常。

ネオ・イシュタル神殿の内部に満ちていた神性、その一部が虫食い穴のように唐突に消失したのだ。

更に、その気配が消失した範囲が徐々に範囲を拡《ひろ》げ、世界そのものを消し去っていく。

色、音、匂い、魔力——神殿の中に満ちていた神々《こうごう》しき空気が影に呑《の》まれていく光景を見て、エルキドゥは一瞬動きを止めた。

それはバーサーカーも同じだったようで、巨軀《きょく》を翻《ひるがえ》して一瞬エルキドゥから意識を逸らし、神殿の内部に向かって『災厄』の光を放射する。

ハルリの頭上、イシュタル女神の真横を通り抜けて行く虹色の輝き。

だが、それは神殿の内部の『影』に触れた瞬間、爆発も衝撃波も、そよ風すらおこす事なく無音のまま消失した。

「……」

こちらに背を向けたバーサーカーを攻撃する好機であったが、エルキドゥはその無防備な背を攻撃する事なく、頭上にある巨大な金色の鎖へと魔力を巡らせる。

「バーサーカー！」

それを目に留めたハルリが、バーサーカーに指示を出した。

加護を受ける前の彼女であれば、頭上を通り抜けた災厄の光に当てられて意識を失っていたかもしれない。

だが、今の彼女は曲がりなりにもイシュタル女神の祭祀《さいし》長だ。

背後のイシュタルを気遣う必要はない。

バーサーカーがイシュタル女神を傷つける事はないと、魔力のリンクを超える『女神の加護』の繋《つな》がりを通して理解していたからだ。

その加護によるものか、あるいは純粋なる成長かは解《わか》らないが、彼女は本能が感じる恐怖を抑え込みながら、バーサーカーと共にイシュタルの信奉者としての役目を果たさんとする。

「ランサーでも、私の背後にいるアサシンでもない！　あの『鎖』を止めて！　『アレ』にはきっと、何かがある！」

「同感ね、やるじゃない」

すると、彼女のすぐ後ろからイシュタル女神の声が響いた。

「！　イシュタル女神様！　ありがたきおこと……」

振り返ったところで、ハルリは息を呑《の》む。

イシュタル女神の周囲、神殿の内部へと続く通路からは完全に色と光が失われており、ただ黒く開いた漆黒の空間だけがそこにあった。

空間なのか壁なのかも解《わか》らない。何しろ何一つ光を還《かえ》さぬ為《ため》、奥行きというものが全く視認できない状態である。

光だけではなく、音の反響も、魔力すら何も感じられない漆黒の境界線。

一歩踏み込めば己の身体《からだ》も消失する、そんな確信めいた予感がハルリを襲う。

こちらに勢力を拡《ひろ》げようかという影の領域を、イシュタルがその力で全力で押し留めていた。

信じがたい事だが、あのアサシンらしき存在が放った宝具が、神霊であるイシュタルと拮抗《きっこう》している。

「あなたの見立て通り、危ないのはあの銛《もり》と鎖よ」

目を見開いたハルリを安堵《あんど》させるかのように、イシュタルが言った。

まるで問題ないとでも言うかのように、淡々と『影』とは関わりの無い指示を出す。

「あの程度の銛《もり》と鎖なら、あのガラクタ本人が身体《からだ》を変じさせた方がずっと強力な宝具になる。なのに、わざわざあんな絡繰《からく》り仕掛けをビルの上に建てたって事は……ガラクタなりに、何かを企《たくら》んでるって事よ……っと」

そこまで言った所で、『影』が爆発的に蠢《うごめ》く。

光を蝕《むしば》むその虚無こそが、イシュタルの支配に対する世界そのものの抗《あらが》いだとでも言わんばかりに──

神殿内の影という影が実体を持ち、周囲の光を蝕《むしば》み始めた。

イシュタルはそれを真剣な目で見据えつつ、手を軽く上へと翳《かざ》す。

刹那──空間そのものを魅了したイシュタルの周囲の空気と壁が捻《ねじ》れ、彼女の頭上の石段がまるで柔らかい花弁《はなびら》のように開き始めた。

「ちょっと、この無粋なアサシンの相手をしてくるわね」

「イシュタル様⁉」

自らの信徒に対し、あくまで不敵な笑みを浮かべながらイシュタルはとんでもない情報を口にする。

「そうそう。その影、触れたら私でも死ぬから気を付けてね？」

「なっ……」

「もう、この森は影に囲まれてるわ」


そして、影は世界の光を喰《く》らい始める。

神殿の周囲の森からざわめきが消え、沈黙と闇が世界の中に滲《し》み出した。

木々の葉陰から、捲《めく》れた樹皮の裏から、黒い濁流の飛沫《しぶき》の下から、イシュタルが先刻まで魅了して操っていた土砂の隙間から――

ありとあらゆる場所の『影』が増幅し、それが正しき姿だと言わんばかりに。

だが、その死の色を含んだ影は、木にしがみついていた虫一匹の命さえ奪う事はなかった。

蒼穹《そうきゅう》に照らされた大地の『影』が否定するものはただ一つ。

偽りの光によってこの地を包み込まんとする、天空の女主人ただ一人だけなのだから。


「行くわよ、マアンナ！」

イシュタルが開いた天井から覗《のぞ》く空に向かって跳躍しながら叫ぶ。

　すると、神殿を構成していた装飾品のラピスラズリや黄金が一斉に蠢《うごめ》き、浮かび上がり、寄り集まりながら彼女の元へと飛来した。

　それは二つの美しい弧を描く弓状の船へと変わり、イシュタルの身体《からだ》を乗せて天空高くへと浮かび上がる。

　だが、それを『影』は逃さない。

　光ある所に影ありとばかりに、世界の中に現れ、万物の目を眩《くら》ませるイシュタルという輝きに追《お》い縋《すが》る影の群れ。

　黒いものが空に向かって湧き上がっているというよりは、空を漆黒が蝕《むしば》んでいるというような蠢《うごめ》き方で、四方八方に飛ぶイシュタルに追従していた。

　イシュタル女神は、周囲の空間や地形、風の流れや空気密度さえも魅了によって支配し、その力が通じぬ『影』の群れを紙一重で回避し続ける。

　優雅に、華麗に、そして大胆に。

　しかし、それが永遠に続こう筈《はず》もなかった。

　マアンナは、本来ならば自在に世界を飛び回れる天舟である。

　だが、まだ完全に神代と化したわけではないため、最高速を維持できるのは神殿と森の範囲に限られていた。

　逆に、影はその新しき世界に抗《あらが》うものであり、世界の果てにまで『影』は存在している。

執拗《しつよう》に追い詰めれば、いずれ神気と魔力を使い果たしたイシュタルが追いつかれるのは自明の理であった。

ただし、それはイシュタルが戦わぬ事を前提とした場合である。

「あら、丁度良《い》いわね」

眼下でグガランナに絡《から》み付《つ》いている巨蛇を見て、イシュタルは振り回すのに手頃な木の棒を拾おうとする小学生のような調子で手を下に伸ばした。

「来なさい、シタ！」


それは、神に挑みし者が撃ち放った呪いの巨蛇、ヒュドラの化身である。

だが、なんとした事か、権能を完全に取り戻しつつある女神の残響は、その蛇の在り方すらをも魅了し、まったく違う存在へと造り変えてしまった。

毒蛇を模《かたど》ったオーラが集束し、呪いを全て裏返しながら小さな蛇へと姿を変えていく。

マアンナで『影』を避けるように飛び回りながらイシュタルが手を伸ばすと、七匹の蛇が彼女の指へと絡《から》みつき、そのまま互いに絡《から》み合いながら一つの『祭具』を形作った。

それは、七匹の蛇を模《かたど》った石のメイスである。

見るからに凶悪そうな見た目の武器を、イシュタルは片手で軽々と掴《つか》みあげてみせた。

「喰《く》らいなさい！」

言うが早いか、イシュタルは空高くまでマアンナを飛ばす。

高く高く、それこそ星の海と金星を目指すかのように。

そして、それを追うように『影』も伸びる。

嘘《うそ》か実《まこと》か、『触れれば神とて死ぬ』とイシュタル自身が告げた影。

バベルの塔の如《ごと》く、高く、ただ高く神へと手を伸ばさんとして積み上げられた漆黒の塔。

ジェットコースターのような軌道で急旋回したマアンナは、一転して影の塔の先端に向かって急降下を開始した。

イシュタル女神は、神々の一人として神の領域に近付く塔を許さない。

いや、違う。

神々に非《あら》ず。

天空は己の、イシュタルの領域であると世に知らしめるべく──

イシュタルはただ、マアンナの勢いに任せて振り下ろした。


『七頭の戦鎚《せんつい》シタ』


イシュタルが生まれた時から手にしていたと言われている、七蛇を模《かたど》った戦鎚《せんつい》だ。

ただ在るだけで敵を討ち滅ぼすと言われるその戦鎚《せんつい》を、イシュタル女神は渾身《こんしん》の力と神気を込めて影の塔の頂上へと叩《たた》きつける。

閃光《せんこう》が輝き、この瞬間、特定の地域から空を見上げていた者はこう呟《つぶや》いた。

金星が、二つに増えた、と。


一瞬の煌《きら》めきを残しながら、マアンナと戦鎚《せんつい》シタが影を押し潰しながら地上へと降りていく。

再び神殿の上に降り立った所で、このまま影をアサシンの霊基ごと霧散させるべく力を込めたのだが——

イシュタルは失念していた。

それは決して、バベルの塔などではない。

他ならぬハサン・サッバーハが、そのような塔を積み上げる筈《はず》がないのだ。

影の塔とは、他ならぬイシュタル自身の光が生み出した傲慢の高さを表した物に過ぎない。

故に、輝きで消す事は能《あた》わず。

「……本当に、冥界絡《がら》みのものとは相性が悪いわね！」

彼女はそういうと、『影』を押さえ付けたまま上を向き、天空の神獣に意識を向けた。

この影を完全に消し去るには、恐らく神殿の全勢力を傾ける必要がある。

そのためには、不安要素から順に処理しなければならない。

「グガランナ」

巨大な蛇の群れから神殿を護《まも》り続けていた天の牡牛《おうし》に、女神はただ告げる。

「私がこいつを抑えてる間に――『鎖』の元を、壊しなさい」

逼迫《ひっぱく》した命令などではない。

可愛《かわい》がっている飼い犬に対して、投げたボールを取ってこいと言うような気軽な調子だ。

だが、それは女神の口から零《こぼ》れた新たなる世の理《ことわり》である。


この瞬間、政府をはじめとして、アメリカにおける複数の気象観測システムがハリケーン『イナンナ』の異常な動きを観測したが、それらは数分と経《た》たぬ内に記録から抹消された。

もっとも、記録に残っていたとしても逆に何らかの捏造《ねつぞう》かジョークとして受け取られていた事は明白な『行動』だったのだが。

たとえ魔術師ですら、それをにわかに信じる事はないだろう。

奇妙な停滞を続けていた台風が、距離にして2キロ――バ、ッ、ク、ス、テ、ッ、プ、を、し、た、などと。

巨獣の足に刺さった幾本もの矢。

そこを起点として湧き上がる巨蛇のオーラ。

外側からは黒き泥の瘴気《しょうき》が、内側からは幾人もの英雄と怪物を屠《ほふ》り去った猛毒が神代の獣の足を搦《から》め捕《と》り、大地に縫い止めその神性ごと腐らせようとしていた。

だが、そんな事は女神の命令を拒絶する理由になどならない。

天の牡牛《おうし》は自らの足の一部が引きちぎられるのも構わず、そのまま大きく身を引いた。

ただ背後に飛ぶだけで、大地は抉《えぐ》れ、凄《すさ》まじい豪風が森の中を暴れ狂う。


台風の姿を取った巨獣は身を低く構えながらも大きく吸い込み、体内にて暴風雨の概念そのものを凝縮させた。

暴風雨が起こっていた筈《はず》のスノーフィールドが、嘘《うそ》のような快晴と静寂に包まれる。

だが、家の中に閉じこもっていた人々が異常に気付く事はなかった。

窓から外の様子を見ていた極一部の怖い者知らず達は首を傾《かし》げたが、それも束《つか》の間《ま》。

全ての不穏な空気が消え去り、万事解決したかのような幻想的な光景は、僅か4秒半しか続かなかったのだから。


次の瞬間、雷鳴と豪雨が寄り集まった死の濁流が、ブレスとして吐き出される。

巨大なトルネードが神獣の口を起点として凄《すさ》まじいスピードで形成され、スノーフィールドで最も高いビルの頂上部分へと突き進んだ。

もはや『西から東へ』と表現するに相応《ふさわ》しい規模で吐き出された力尽くの物理現象。

もしも地面を薙《な》ぎ払《はら》うように放たれていれば、その時点で黒幕達の策謀を待たずに街は更地になっていた事だろう。

余波でさえ通常の台風を超える風が森と街に吹き荒れ、台風のブレス本体は、秒速２００ｍ、真空の刃と氷と化した水滴、そして雷撃すらをも纏《まと》いながらクリスタル・ヒルの最上部を呑《の》み込んだ。


「ちっ……外れクジを引いたか……？」

当の屋上に居た、ヒッポリュテのマスターの一人──ドリス・ルセンドラが冷や汗を掻きながら全身に魔力を巡らせる。

そして、屋上の捕鯨砲《ハープーン・キャノン》の傍《かたわ》らで西の森を見据えていた銀狼《ぎんろう》を抱え上げる。

抵抗しようとした銀狼《ぎんろう》だが──ドリスに敵意が無い事を察し、暴れるのを止めた。

「同盟を持ちかける相手が合成獣とは思わなかったが、共闘するマスターに死なれても困る」

凛《りん》との戦いによる傷が癒えていないが、無理矢理魔術回路のパスを拡《ひろ》げながら全身の硬化を加速させる。

「いや……多分死ぬなコレ。すまん」

半ば死を悟りつつも、その全身で銀狼《ぎんろう》を守るべく包み込んだ瞬間──雷風の吐息が、屋上へと到達した。


これこそが神獣の力。

これこそが天空の御業《みわざ》。

全てを司《つかさど》るイシュタル女神の勝利を確信するかの如《ごと》き、堂々たる神罰の一撃。

まさしく、女神が支配する神代の復古を告げるに相応《ふさわ》しき福音であった。


だが──

時代の変革に抗《あらが》う者が、また一人。


「─────────────」


言葉無き詠唱が屋上に響き、突如として生まれた魔力の障壁が風を周囲に四散させる。

「……っ⁉」

ドリスが目を向けると、そこには一人の少女が立っていた。

幼さが残り、子供としか表現しようのない年頃の少女。

最初にドリスがここに訪れた時、彼女本人との共闘は無理だろうと考えていた。

子供である事もあるが、彼女は己の魔力を全て己のサーヴァントの『死体の維持』に使っており、霊子となって消えるのを無理矢理防いでいるような事を続けていたのである。

まだ幼さ故に割り切る事ができぬのだろうと考えたドリスは、彼女の側近が北の渓谷に向かうという事だけを伝え、自分はランサーのマスターである銀狼《ぎんろう》についていたのだ。

故に、ここに少女が来たという事は、いよいよあの英霊の死体が霊子に還《かえ》ったのかと思ったのだが——


ティーネ・チェルク。

英雄王のマスターとして、この聖杯戦争において最初の敗北者となった少女。

少女の目には強い光が宿っており、ドリスは即座に考えを改めた。

彼女は、一人の魔術師であり、あの西の森の『神』に挑む者としてここに立っているのだと。


「この土地には……私の家族が居る……」

土地に生贄《いけにえ》として沈められた、十二人の兄と九人の姉。

ティーネは土地に身を捧《ささ》げる呪いの『連なり』として生きる事を納得していたが、それでも、記憶の中に家族との思い出が皆無だったわけではない。

不器用ながらも人間らしい遊びをいくつも教えてくれた姉。

なんとか末妹のティーネだけは運命から逃れさせようとした兄。

戦いの場でそんな事を思い出している暇などない。

無い筈《はず》なのに、そんな事ばかりが頭を駆け抜け、ティーネは明確な怒りを持ってして叫ぶ。

「だから、その大地を……土地を……私の家族を！　もう誰にも奪わせない！」

ただ、ただ、欲望のままに、少女は第三者から見れば理不尽とも言える叫びを口にした。

「たとえ、神様にだって！」

——幼童ならば、少しはそれらしくせよ。

皮肉だ、とティーネは思った。

今の自分は、癇癪《かんしゃく》を起こしている子供と同じである。

元からこの大地は星のものであり、人間である自分達が守ると言い切るのも人間側の都合に過ぎない事だ。

ギルガメッシュ王の言っていた『大地は全て俺の庭に帰する』という言葉の意味は、王としての傲慢だったか、それとも自分を人と星の狭間《はざま》に立つ調停者として見立てての事だったのだろうか。

今となっては、もはやその意味は解《わか》らないが、確かな事は一つ。

ティーネが今、土地守の一族の為《ため》ではなく、傲慢で身勝手な怒りだとしても——彼女が今、自分の意志で『神』に抗《あらが》う為《ため》にこの場に立っているという事だ。

まだ子供である彼女の魔術が、クリスタル・ヒルの上層部を覆う形で頑強な魔力の障壁を生み出していた。

ビルを打ち崩すレベルの衝撃を防ぐレベルの防護結界。

その膨大な魔力は、自身の魔術回路のみではなく、龍脈から流れる力を利用している。

されど、一人の魔術師が行使するにはあまりに酷な魔力量であり、土地から魔力を補充する速度が足りず、僅か数秒で障壁の強度が減衰し始めた。

天の牡牛《おうし》のブレスは途切れず、やはり運命は変わらないかと思われたその時、銀狼《ぎんろう》が高らかに遠吠《とおぼ》えを奏《かな》でる。

すると──銀狼《ぎんろう》の身体《からだ》に刻まれた令呪の一画が赤く輝き、一際《ひときわ》膨大な魔力が湧き上がった。

×　　　×

「！」

天の牡牛《おうし》のブレスの余波を避けたエルキドゥは、大地に搦《から》め捕《と》られながらも未《いま》だに宙に浮かぶ巨大な銛《もり》へと着地し、魔力のパスが繋《つな》がった銀狼《ぎんろう》が令呪を発動させたのを感じ取った。

だが、それは自らの霊基に何一つ影響を与えない。

寧《むし》ろ、自分の魔力のパスを莫大《ばくだい》な魔力が素通りして街の方に戻っていく事を確認した。

銀狼《ぎんろう》は、恐らく無意識に発動させたであろう令呪を何に使ったのか？

コンマ数秒の精査によってその子細を把握したエルキドゥは、一度だけ街の方を振り返りながら呟《つぶや》いた。

「ありがとう」

「……君がマスターであった事を、僕は心から感謝する」

× ×

「！」

ティーネは、銀狼《ぎんろう》の令呪の輝きと共に、己の中に莫大《ばくだい》な魔力が流れ込むのを感じとる。

──令呪の力を……私に⁉

聖杯戦争の常識とは外れる行為。

そもそも令呪の力は、己のサーヴァントに対して行使するものだ。魔力の繋《つな》がっていない他のマスターのブーストになど使える筈《はず》がない。

だが、自分は今、例外にあるとティーネは思い出した。

ギルガメッシュの亡骸《なきがら》の崩壊を防ぐ為《ため》に魔力を使い続けたティーネ。

そんな彼女自身の肉体の崩壊を防ぐ為《ため》に、エルキドゥが自分の身体《からだ》と銀狼《ぎんろう》の魔力のパスを一時的に繋《つな》げたのだ。

冷静に考えると、あのような真似《まね》を肩に手を置くだけで行使した時点でエルキドゥは異常なのだが、結果として、こうして銀狼《ぎんろう》はエルキドゥを介して己の令呪の魔力をティーネへと流し込む事に成功したのである。

魔法の領域に近い空間転移すら可能にすると言われる令呪の力。

その魔力は、土地と融合したティーネの身体《からだ》の魔術回路を瞬間的に広げ、尚《なお》かつ彼女の身体《からだ》を壊さぬように頑強な回路へと造り変えた。

結果として障壁は膨大に膨れあがり、迫り来る豪雷と濁流の竜巻を全て空へと霧散させる。


3秒後。

障壁が消えるのと、ブレスが途切れるのはほぼ同時だった。

如何《いか》に令呪の力とはいえ、あの神撃を防ぎ切れる障壁を張るのはやはり数秒が限界だったのだろう。

「……ありがとう」

間一髪の所でブレスをしのいだ事を確認したティーネは、戸惑いながらも横に立ってこちらを見上げる銀狼《ぎんろう》に感謝した。

「……」

何か言いたげにこちらを見る銀狼《ぎんろう》。

ティーネが守ろうとしていたもの。

最上階の床に横たわっていた、彼女にとっての『サーヴァント』について案じているかのような目だ。

その意図を察したティーネは銀狼《ぎんろう》の横にしゃがみ込み、彼の身体《からだ》を抱きしめながら言う。

「やれる事は、全てやりました。……やった、つもりです」

数分前に自分が行った『とある行為』を思い返しながら、ティーネは不安に耐える形で目を細め、何かに懺悔《ざんげ》するかのように呟《つぶや》いた。

「賭けではありますが……後は、大地が運命を決めるでしょう」

×　　×

ネオ・イシュタル神殿周辺

己のブレスが防がれた天の牡牛《おうし》。

彼の中に湧き上がるのは、戸惑いではなく、純然たる怒りであった。

神秘が薄れ、消えつつあるこの世界に呼び出されたグガランナ。

イシュタル以外のシュメールに連なる神性は地上に感じられず、かの天空の女主人への忠誠こそが存在意義であり、喜びでもある。

それなのに、自分はその命令を行使する事ができなかった。

神に仇《あだ》なし、かつて自分を滅ぼした『土塊』——エルキドゥという『道具』に対しての恨みなど、イシュタルの命令の前では塵芥《ちりあくた》だ。

だからこそ、天の牡牛《おうし》は激しい怒りに身を震わせる。

他の誰にでもない、イシュタルの命令を遂行する事ができなかった己自身に対してだ。


天の牡牛《おうし》が首を空に向け、怒りの咆吼《ほうこう》を響かせる。

その声は様々な形を取りながら星の裏側にまで伝わり、東洋では原因不明の地鳴りとして、欧州では終末を伝えるアポカリプティックサウンドとして人々を怯《おび》えさせた。

その神獣の足元であるスノーフィールドにおいては、牡牛《おうし》の咆吼《ほうこう》は数百の雷鳴と風の唸《うな》りとして具現化する。

わずか10秒ほどの間に、周辺地域に一万を超える落雷が降り注ぎ、窓から外を覗《のぞ》いていた者達の大半はそこで意識を失い、魔術的な加護の無い携帯電話や録画機器などはこの時点で悉《ことごと》く破壊された。


続いて、牡牛《おうし》は大きく息を吸い込み始める。

周囲の台風だけではなく、己の身体《からだ》を構成する神性そのものすら注《そそ》ぎ込み、先刻の数倍の威力のブレスを吐こうとした。

神獣は、イシュタルが如何《いか》なる形であれ人間を愛している事を知っている。

故に、人間を殺すのは命令の範囲で最低限にすべきだと判断していた。

だが、もはやそのような加減をする必要などない。

アッカドの地を守護する神々が封じていたが、イシュタル女神の願い《しし》により地上に解き放たれた破壊という概念の具現化。

その牡牛《おうし》が、『徹底的な破壊』を成すべく、正しく全身全霊をかけた一撃を繰り出そうとしていた。

仮に英霊であれば宝具にあたる御業《みわざ》であり、己の全存在を突風へと変換させて吐き出し、吹き付けられた先で己の存在を再構築するという、擬似的な超高速移動。

要するに、一つの台風が内包した莫大《ばくだい》なる質量とエネルギーを維持したまま、秒速396m

で対象に突っ込む獣撃だ。

ブレスであると同時に、渾身《こんしん》の突進でもある神獣の体当たり。

木星の成層圏に吹き荒れる風の速度に匹敵する速さで移動する台風。

そんなものが実現した時には、影響はこの場に留まらず、地球全体に不可逆の影響を与える事になるだろう。

だが、イシュタル女神の神殿なら話は別だ。

己が何をしようと、定められたルールに従い、天の牡牛《おうし》の攻撃においてイシュタル女神とその神殿が傷つく事はない。

そう本能が理解しているからこそ——

神獣は、神の代行者として破壊を行使する一つのシステムへと成り果て、己の全存在を懸けて『敵』を破壊せんとしたのだ。


大きく息を吸い込み、己の神性そのものを肺の中の一点に凝縮させようとした瞬間——

「……『俺』なら、きっとこう言うぞ」

天の牡牛《おうし》の頭上から、小さき者の声が響き渉《わた》る。

「そのモーションは、隙が大き過ぎる」

淡々とした調子でそう告げながら――

ティア・エスカルドスは、己の周囲を巡らせていたボウリングのボール大の『衛星』を数個、グガランナが周囲の空気を吸引すべく引き起こした風に乗せる形でその胃袋へと叩《たた》き込んだ。

そして、崩壊の連鎖が始まる。

あるいは――その連鎖は既に始まっていたのだろう。

グガランナが一度目のブレスを吐くよりも前。

一騎のアサシンが、イシュタルの暗殺を確定させた時点から。

×　　　　×

ネオ・イシュタル神殿周辺

『影』は、既に森の地下にまで浸蝕《しんしょく》している。

皮肉な事に、最初に気付いたのは濁流より更なる『地下』にいたライダー陣営とセイバー陣営の一行。そして、濁流に流されていた吸血種だけだった。

幽弋《ゆうよく》のハサンが生み出した膨大な『影』は、現在はそれ以上の拡散は押し止められている。

だが、光とそれを遮る形がある限り、影を世界から消し去る事はできない。

神殿を構築する石材の隙間、森の木々の内部、人体の内部に到《いた》るまで、光届かぬあらゆる場所を『影』は気配を纏《まと》わぬまま浸蝕《しんしょく》し続けていたのだ。

濁流に紛れた泥とは別種の漆黒。

魔力も呪いも何も感じさせない、虚無とでも言うべき塊が森の中に蠢《うごめ》いていた。

「こんな……」

それを見たハルリの全身に、悪寒《おかん》が走り抜けた。

あきらかに異質な存在であるのに、魔力一つ感じられない『影』の海。

そんなものが、濁流に隠れる形で既に神殿の周囲の森に浸蝕《しんしょく》していたのだ。

イシュタル女神への直接的な浸蝕《しんしょく》は防がれている。

だが、それは本命でもあり、同時に囮《おとり》でもあったのだ。

イシュタルの掲げる戦鎚《せんつい》の魔力は、イシュタルに襲い掛かる影を確かに打ち消し続けている。

だが、それを消し去る事もできずにいた。

虚無の如《ごと》き暗闇は、凄《すさ》まじい速度で世界を包み始めていた。

濁流の中から湧き上がる影が森の木々を包み始め、厚みすら解《わか》らなくなる黒の影絵へと塗り替えていく。

天空より注ぐ光を、世界そのものに否定させるかのように。

新たに生まれようとしていた神代を、そのまま星の影へと沈み隠さんとばかりに。

×　　×

コールズマン特殊矯正センター

「……まさか、神性にあそこまで喰《く》らい付く程の霊基だったとは」

好きにしろと言って送り出した英霊が、何らかの力を行使している。

魔力のパスからそれを感じ取ったファルデウスは、神殿周囲の観測データなどから状況を理解した。

既に霊基の核は砕かれている。

それにも関わらず存在し続けているという矛盾。

これこそが、恐らくはマスターである自分にすら隠していた宝具の力であると確信した。

結果として、その宝具の力が神殿を司《つかさど》る神性と拮抗《きっこう》しているようにも見える。

「驚きました。アサシンは普通、霊基としての力は弱い筈《はず》なのですが……」

淡々とした調子で呟《つぶや》きながら、ファルデウスは令呪の宿った右手を虚空《こくう》に差し向ける。

「貴方《あなた》は頼もしくもあり、脅威でもある……万全の策を採らせて頂きましょう」

仮に——霊基を砕かれた状態の英霊が、宝具の力で顕現し続ける事があるとしたら、果たしてどうなるのか？

そんなことは魔術的にも聖杯戦争のシステム的にも考え辛《づら》いが、可能性の一つとしては想定しておくべきだろう。

己の令呪の一画を輝かせながら、彼は己のサーヴァントに対して『ダメ押しの一手』を繰り出した。

「本来なら三画とも保持したかったのですが、まあ、貴方《あなた》への手向《たむ》けとしましょう」

「令呪をもって命じる。己の全てを、、、、、消費し、西の森の災厄を屠《ほふ》り去れ」

令呪の力は確かに発動したが、その命令にすら、抵抗や叛意《はんい》の気配は一切感じられず——

「本当にお別れですね、アサシン」

ファルデウスは苦笑しながら、さりとて一切の後悔なく別れを告げた。

「常に最大限の警戒をしていたつもりですが……」

「私は、最後の最後まで貴方《あなた》を過小評価していたようだ」

×　　　×

ネオ・イシュタル神殿

魔力が爆発的に膨れあがり、イシュタルの眼前でそれまで完全に気配を消していた暗殺者の姿が浮かび上がる。

それを確認したイシュタルが、数多《あまた》の影と融合しているアサシンへと言った。

「憐《あわ》れね、最後の最後にマスターに裏切られるなんて」

影は沈黙するのみだが、イシュタルは構わずに言葉を続ける。

「今の感じ、令呪で命じられたんでしょう？　霊基の全てをその宝具に注《そそ》ぎ込めって」

肩を竦《すく》める彼女の声に含まれているのは、嘲りというよりも憐《あわ》れみの色。

「やっぱり人間は、私がちゃんと管理してあげないとダメね。すぐに欲望に目が眩《くら》んで愚かな行動に手を染めるんだから」

それでも欠片《かけら》も油断する事なく、神の権能を持って尚《なお》も湧き続ける影を押し止め続けた。

幽弋《ゆうよく》のハサンは何も答えず、影の増殖の起点となった神殿内部に髑髏《どくろ》面が浮かび続ける。

影は女神に語らない。

死は聖者に応えない。

語ることは既にないとばかりに。

もはや、全ては完了しているのだと言わんばかりに。

だが、傲慢なる女神がそれに気付く事はなかった。


今は、まだ。

×　×

神殿前
濁流から湧き上がった数多《あまた》の虚無を前にハルリは一瞬怯《ひる》んだが、それでも己の使命を思い出し、バーサーカーへと命じた。

「ランサーは上です！　バーサーカー！」

彼女の目には、バーサーカーの張った障壁とイシュタルが操っていた大地に搦《から》め捕《と》られて動きを止めていた巨大な銛《もり》と、その上に立つエルキドゥの姿が映し出されている。

エルキドゥは自らの宝具として生み出した無数の鎖を神殿へと伸ばして絡《から》み付《つ》かせ、その先に銛《もり》を絡《から》めながら引き寄せる事で強制的に神殿へと押し込もうとしていた。

いや、もうこの時点で目的は半分完遂していたのかもしれない。

神殿に満ちたイシュタル女神の――メソポタミアの神々の神性を、鎖を通して銛《もり》へと流し込んでいく。

「……………！　なんという事を！」

ハルリは驚き、同時に直感が告げる。

このままでは、イシュタル女神と『影』の拮抗《きっこう》が崩れる上に、エルキドゥが力を大きく引き上げる事になりかねないと。

この瞬間に少しでも出し惜しみをすれば、あの英霊はイシュタルの領域にまで届く。

「令呪をもって命じます！」

祭祀長《さいし》は迷わなかった。

絶対的なアドバンテージなど無い。

ここから先は、一手間違える事が致命傷になり得ると、魔術師として、イシュタルの加護を受けた身として、そしてバーサーカーのマスターとして確信していた。

故に、彼女は叫ぶ。

己が使命を果たす為《ため》に、命を捨てる事すら厭《いと》わぬ覚悟で。

「イシュタル女神の敵を……あのランサーを、全力で撃ち砕きなさい！」


それが、バーサーカーにとってどれほど残酷な命令なのかも知らぬまま。

×　　　×

神の時代と人の時代の狭間《はざま》。

塗り変わる順序が逆とはいえ、それはバビロニアの文明が栄えた頃に良く似ていた。

故に、スノーフィールドにおける真なるバーサーカー——フワワは、夢の中にいるような感覚で世界の中を揺蕩《たゆた》い続ける。

悪夢でもあり、心地好き夢でもあり、過去の完全な再現とも感じられた。

正気など既になく、『彼女』もまた、数多《あまた》の狂霊の濁流へと呑《の》み込まれていた身の上だが、
ふと、夢の中で意識が浮かび上がる。

目に映るのは、空。

大きく美しい金色の架け橋の上に、ひとつの影が立っている。

それは、彼女が良く知っている友達だった。

自分の知っている形とは全く違う。

だが、ハッキリと解《わか》る。

あれは間違い無く──


「　え　る　き　ど　ぅ　」


その名前を呼んだのとほぼ同時に、令呪の魔力が彼女の『夢』に流れ込んだ。

「　だ　め　」

世界は即座に塗り替えられる。

少女の意識は三千近い『声』の塊に塗り潰され、意識の奥底へと押し込められた。

ただ一人の少女を除いた数多《あまた》の『声』は、目に映る者の形を良く知っている。

あれは、仇《かたき》だと。

「　ちが　う　」

自分達を殺し尽くした、憎い仇《かたき》だと。
自分達を許さなかった、恐ろしい仇《かたき》だと。
自分達を救わなかった、残忍なる仇《かたき》だと。
自分達を救おうとした、愚かなる仇《かたき》だと。

「　えるき　どぅ　は」

あいつせいで、
　あいつのせいで。
自分達は何者にもなれなかった。
　人になれなかった。
神の役に立てなかった。
　女神の庭を守れなかった。
　怪物になる事すら、許されなかった。

「　わたし　たち　を　」

殺さなければいけない。
それを、マスターが。女神様が。神々が。人が。世界が。森が。

私が。僕が。あの子達が。

みんなみんな望んでいる。


死を。

破壊を。

あの恐ろしい『人間』に破壊を。

あの悍《おぞ》ましい『泥人形』に死を。

意味もなく、慈悲もなく、理由さえなく、ただ苦しむだけの消失を。


「────────」

×　　×

『──』


バーサーカーの咆吼《ほうこう》が、神殿の周囲に響き渡る。

天の牡牛《おうし》とは違い、世界そのものを震わせるほどの規模ではない。

だが、その分だけ色濃く凝縮され、数多《あまた》の殺意と狂気を凝縮したような叫びがエルキドゥへと襲い掛かった。

「……っ！」

その叫びと同時に、バーサーカーの背負うリングが輝き、七色に分かれた光がエルキドゥへと降り注ぐ。

それを間一髪で避けたエルキドゥは、そのまま地上の木々の間を飛び交いながら牽制《けんせい》しようとしたが、令呪によって出力を上げたバーサーカーはそれを許さなかった。

災厄の光は周囲の木々を薙《な》ぎ払《はら》いながら全方位に照射される。

ハルリとイシュタルがいる神殿の方にだけは打ち込まれないが、その安全地帯にエルキドゥが移動する事を許す程に番人は甘くなかった。

七色の光と、金色の軌道を描きながら森を飛び回る神造兵器の追走劇。

災厄の光線は空中に災厄として炎の竜巻や寒波による氷壁を生み出していき、エルキドゥの可動域を制限していく。

眼前に現れた氷柱《つらら》を自らの手刀で破壊した瞬間、エルキドゥはその氷柱《つらら》の中に別の災厄——病疫が含まれている事に気付いた。

それが己にとって致命的なものであると理解しているエルキドゥは、全力を持って軌道を変化させるが――

全てを読み切っていた番人が、渾身《こんしん》の一撃をそこに合わせ撃った。

右腕らしきパーツから繰り出された衝撃波が、エルキドゥの身体《からだ》を強《したた》かに打ちすえる。

森の木々が衝撃で何本も倒れ、イシュタルが魅了によって隆起させていた大地の壁へと叩《たた》きつけられた。

森を守る番人であるが故に、これまでは濁流に呑《の》まれながらも立ち続ける木々を壊す行動が取れなかったバーサーカー。

しかし、二度目の令呪によってその制約は既に解除されている。

エルキドゥはダメージを受けているが、滅びにはまだ遠い。

それを理解しているバーサーカーは、一切の容赦も躊躇《ためら》いもなく、エルキドゥを土塊に帰そうとした左腕を振り上げ――

不意に、その前に一つの影が躍り出た。

「――狂想閃影《ザバーニーヤ》――」

黒い髪の毛が放射状に広がり、バーサーカーの巨体の四肢に絡《から》み付《つ》く。

「君は……」

エルキドゥの言葉に、髪の毛の中心にいる名も無きアサシンは、無表情で、さりとて強い意志の籠もった目で言った。

「……まだ、『お前達』との盟約は生きている筈《はず》だ」

「それは……」


エルキドゥが答えようとした刹那――


森の一角の土が突然隆起し、まるで火山が噴火するかのように爆発した。

そして――中から飛び出して来た閃光《せんこう》の如《ごと》き人影が、黒い濁流の上を凄《すさ》まじい速度で駆け抜けながらバーサーカーの巨体を切り上げる。

輝きを伴う一撃。

それは幾重にも神々の加護を受け、鋼鉄を遥《はる》かに超える硬度を持つバーサーカーの皮膚を切り裂きながら空まで斬撃を届かせる。

致命的なダメージには程遠いが、バランスを崩したバーサーカーが仰向けに倒れ、地響きがスノーフィールドの森を包み込んだ。

名も無きアサシンはそれに合わせて一度髪の毛を解き、横倒しになって濁流の中に半分沈んだ大木の幹へと着地する。

そして、斬撃を放った男もまた、濁流から顔をだしていた岩場に降り立ってニヤリと笑う。

「そう……同盟だ」

今の一撃で折れたと思《おぼ》しき装飾剣を肩に担《かつ》ぎながら、セイバーがエルキドゥに対して言った。

「持ちかけたのは俺だからな。ピンチには駆けつけるさ」

そして、無邪気な少年の様な笑みを浮かべたまま、悪びれもせずに断言する。

「正直、忘れかけてたけどな！」

×　　×

数十秒前　スノーフィールド西部上空

「お前が前に呑《の》み込んだものは、返さなくていい」

ティア・エスカルドスは無表情のまま、巨大な台風に向かって静かに言う。

軌道上でランサーと戦闘した際に撃ち放った、ロサンゼルスを消滅させうる魔術。

天の牡牛《おうし》はその『衛星』を呑《の》み込み、込められていた膨大な魔力を己の内に取り込んだ。

ティアはつい先刻に呑《の》み込ませた別の『衛星』に仕込んだ魔術を躊躇《ためら》う事なく発動させる。


「――『空洞異譚《ア・クロックワーク・アバドーン》／忘却は祝祭に到れり』――」


刹那――世界の一部が静止した。

時間が止まったという意味ではなく、あくまで物質的な意味合いで。

物質や魔術、概念に到《いた》るまでの加速と減速を魔術によって操るティアが、限界近くまで分子運動を停止状態に近づけさせる術式を仕込んだ『衛星』の力により、天の牡牛《おうし》の心臓部――即《すなわ》ち、数多《あまた》の積乱雲と風を生み出す熱源である『台風の目』を直接冷却し始めたのだ。

科学社会においても、台風にドライアイスをばらまく事で風速を抑えるという考え方はあるが、ジャンボジェット十数機分の量を的確に撒いてようやく数メートル抑えられるという計算である。

だが、北極の氷の大半を消し飛ばしたティアの秘術を純粋に冷却のみに使用した術式は、天の牡牛《おうし》に対して爆発的な効果を与えた。

グガランナの内包するエネルギーが、鈍《なま》り、軋《きし》り、凍《こお》り、停止《とま》る。

豪風と共に巡る水滴が瞬時に凍《い》てつき、雪となる暇《いとま》すら与えなかった。

台風そのものの形を保ちながら、空中に世界最大級の氷像を構築し始めた。

ネバダ州を丸ごと包み込むほどに育った巨大な台風が、ただの魔術の一撃で連鎖的にその場に停止しようかという摩訶不思議《まかふしぎ》な光景。

これが通常の台風であれば台風そのものが霧散しかねぬ程であり、逆に言うならば、それほどの温度変化が起これば周辺の気候にただならぬ影響を与えると思われた。


だが――グガランナは神獣である。

荒ぶる天の化身として姿を与えられた、『神々の蹂躙《じゅうりん》』の具現化だ。

寒波であれ熱波であれ、それが地上の理《ことわり》の成したものであると言うのならば――

獣の理《ことわり》と神の理《ことわり》をもって、その悉《ことごと》くを否定し、捻じ伏せ、踏みにじる。

それができるからこそ、牡牛《おうし》は天に在る事を許されるのだ。

理屈も理由も必要ない。

女神の権能により生み出された結果こそが全てであり、理《ことわり》はその後に生み出されるのだから。

数千、数万、数億に達する稲妻が空に煌《きら》めき、天地の開闢《かいびゃく》か終焉《しゅうえん》を思わせる霹靂《へきれき》が世界の中に轟《とどろ》き始める。

己に蓄えられた魔力を全て雷《いかずち》へと変換し、周囲のマナを更に取り込みながら、身に纏《まと》う積乱雲の渦の全てを輝かせた。

全長500㎞ほどにまで存在を圧縮させた雷光の渦は、まさしく天の牡牛《おうし》が纏《まと》いし金色の鎧《よろい》を思わせる。

「……化け物め」

舌打ち混じりにティアが言い、己の周囲に浮かべた『衛星』の回転を上げる。

如何《いか》なる魔術式を込めているのか、衛星の周囲が青白い光に包まれ始め――

スノーフィールドの地を数万年朽ち続けし荒野へと変えかねぬ魔術を撃ち放とうとしたその寸前に、空高く浮かぶティアの下を、凄《すさ》まじい魔力の奔流が通り過ぎた。


「神ごときの力をもって……雷霆《らいてい》を纏《まと》うか」


それは、身の丈ほどもある大きな弓を持った、一人の復讐《ふくしゆう》者だった。

「クレタの牛の皮を、海神より押しつけられたか？」

上空から観察していたティアは、それがつい先刻まで工場街から毒蛇の魔矢を撃ち続けていたサーヴァントであると気付く。

──この数秒で、ここまで来たのか？

ティアから見ても、常識外れの速度であった。

復讐者《ふくしゅうしゃ》の身は、既に人とは離れ始めていた。

姿はまだ人ではあるが、その内包しているものが見えるティアにとっては、その個体は既に得体の知れぬ何かである。

ジャック・ザ・リッパーから奪った禍々《まがまが》しい悪魔としての霊基を己の肉と融合させており、神性も泥も毒も、桁外れの魔力すらをも奇跡的なバランスで押さえ付けていた。

そんな真似《まね》ができるのは、もはや人でも英雄でも神でもない。

復讐《ふくしゅう》を成すためだけに己の霊基すら捨て去り、新たなる何者かへと羽化しようとしている怪物の姿がそこにはあった。


ネメアの獅子《しし》の毛皮によって作られた布地の隙間から、呪いの入り交じった言葉が漏れる。

「……慣れたものだ、牛の扱いなど」

冷静に聞こえるが、どこか歪《ゆが》みつつもある言葉を口にする。

彼──アルケイデスの目に映っているのは、天の牡牛《おうし》か、あるいは雷霆《らいてい》の化身である支配神の姿であろうか。

「貴様はもう、星裂きの雷鳴を轟《とどろ》かせる事はない」

続いて放った一射は、先刻までのように巨大な蛇の形をした魔力を生み出す事はなかった。

仮初《かりそ》めのヒュドラを生み出す程の魔力が、細い矢の内部へと全て注《そそ》ぎ込まれているのだから。


音速に達した事を表す衝撃が周囲に風を巻き起こす。

だが、それを認識した瞬間には、すでに矢尻は牡牛《おうし》の足へと届いていた。

小さな街ほどの太さを持つ、天の牡牛《おうし》の右前足。

その膝の周囲が——空と大地の狭間《はざま》で、唐突に消《き》え失《う》せた。

「神の供物《くもつ》として海より出《い》で、神の怒りを内包せし憐《あわ》れなる牛よ」


あまりにも呆気無《あっけな》く。

針を刺された水風船がそこから消失するように。

矢尻が当たった瞬間、そこに込められた全てが牡牛《おうし》の存在を否定したのだ。

戦神の軍帯より奪い取った神気を矢尻の先端に込める事で、同じく神気によって守られた表面を突破し、矢の内部に込められた膨大な呪いと毒と魔力が、互いに喰《く》らい合う事なく全て牛を破壊する為《ため》だけに作用したのである。

「人への供物《くもつ》として、クレタの土へと還《かえ》るがいい」

アルケイデスという魔人は、復讐《ふくしゅう》者は、今ここに完成しつつあった。
毒と呪いに蝕《むしば》まれ、命と理性を引き換えとしながら。
ただ、ただ、かつての大英雄は深く狭い螺旋《らせん》の穴へと落ちて行った。
そこに辿《たど》り着《つ》いた時、このスノーフィールドの地に彼を止める者はいなくなるだろう。

ただ一人──
復讐者へと復讐する権利を持つ、半神の力を持つ女王を除いて。

×　　　×

ネオ・イシュタル神殿上層部

「──っ！」

ハルリの視界の中に、巨馬に乗った一人の英霊が映る。

セイバーと思《おぼ》しき霊基が現れた大穴から、一手遅れる形で飛び出した女性サーヴァントだ。

大穴の周囲は何者かの魔術によって生み出された小高い氷の壁が取り囲んでおり、森の土地を蹂躙《じゅうりん》する黒い濁流が流れ込まぬ形になっていた。

「ライダー……？　なんて強さ……！」

マスターである彼女の目には、英霊のステータスが蜂の巣の図柄のようなものの広がりで映し出される。

そこに映し出された相手の力を見て、ハルリは即座に身構え、瑠璃色の鎧《よろい》を纏《まと》った蜂を己の周囲に展開させた。

英霊を前に、蜂の一刺しなどそれこそ意味を成さないだろう。

だが、イシュタル女神の祭祀《さいし》長として、ハルリには見過ごす選択肢などは無かった。

「む……」

青い鎧《よろい》を思わせる甲殻を纏《まと》った無数の『蜂』が、ヒッポリュテの眼前に群れを成して立ち塞がる。

それが使役された使い魔だと即座に判断した彼女は、周囲に視線を巡らせて神殿上部の入り口付近にいる少女の姿を目に留めた。

「あの神殿の巫女《みこ》……か」

ヒッポリュテは己の駆る馬を器用に反転させ、一蹴りで神殿の入り口近くまで駆け上がる。

「この神殿を護《まも》りし巫女《みこ》とお見受けした！　戦時故、下馬せぬままの来訪を許されたし！」

ヒッポリュテ自身、アルテミスの神官長の娘として、女王であると同時に神殿を守護する戦士長としての立場もあった。

故に、異なる神を崇《あが》めるとはいえ、敬意を捨て去って暴れる真似《まね》はせずに淡々と己の要求を口上に乗せる。

「其方《そなた》の信仰を否定はしない！　だが、我がマスターとの盟約により、人の世を徒《いたずら》に玩《もてあそ》び、民を蹂躙《じゅうりん》せんとする古き神を見過ごす事もできない！　故に我は、神の残響を太古の地へと還《かえ》し奉《たてまつ》る事を願う者なり！」

堂々と女神への宣戦を布告するヒッポリュテ。

その周囲に、イシュタルの巫女《みこ》と思《おぼ》しき女性の操る蜂が散開したが──

ヒッポリュテは己の手に巨大な斧《おの》を顕現させ、馬の動きに合わせて片腕でそれを振り回す。

台風の影響による強風を跳ね返す勢いで巻き起こった風が、蜂の群れを一瞬で遠方まで吹き飛ばし、ヒッポリュテは馬上から巫女《みこ》へと宣言した。

「無益な殺生《せっしょう》は、戦士としても王としても望まない。神殿内部への道、通して貰《もら》おう」

そう宣言し、巫女《みこ》が何をしようと無視して駆け抜けるつもりで馬の手綱を握るヒッポリュテ。

神殿の奥に繋《つな》がる通路に黒い影を生み出し続ける髑髏《どくろ》面があるのが気になるが、無視するべきだろうかと一瞬思案していると――

頭上から、神々《こうごう》しくも傲慢なる声が響き渉《わた》った。

「不敬よ、西の戦神の娘」

「！」

「それとも、月女神の神殿の戦士長……というべきかしら？」

ヒッポリュテが上を向くと、そこには空舟に乗り、七匹の蛇を模《かたど》った戦鎚《せんつい》を持つ女神の姿が。

「人の守護の為《ため》にアラヤに呼ばれたわけでもないでしょう？　聖杯戦争のサーヴァントに過ぎないあなたが、人の為《ため》に私を追い出す？　冗談にしては笑えないわ」

彼女の周囲には、輝きがある。

目も眩《くら》むような光輪というわけではない、穏やかで透き通る、青空を見上げた時に感じられる爽やかな輝きが彼女の周囲を包み込んでいた。

杖《つえ》の生み出すエネルギーの奔流と、イシュタル自身が生み出す輝き。

その二つを持って、周囲から襲いかかる無窮の影を防ぎ続けている状態だ。

神。

小聖杯という依《よ》り代《しろ》に降りている状態だとしても、自分達サーヴァントとは一段違う段階にいる存在だというのは、相対する前から理解していた。

それでも、ヒッポリュテは一歩も引かず、馬上から睨《ね》めあげる形で天の女主人へと言い放つ。

「呼ばれし理由など関係ない！　我が身は常に虐《しいた》げられし者の盾となり、我が両腕は抵抗の為《ため》の刃である！　月女神と我が父である戦神にそう誓ったが故に！」

堂々と宣言するヒッポリュテの言葉と先刻の女神の言葉を合わせ、ライダーの正体に思い至ったイシュタルの巫女《みこ》が思わず言葉を漏らした。

「アマゾネスの……女王」


一方、眼下より大声で反論されたイシュタルは、目を伏せながら溜息《ためいき》を吐き出し――

「まったく、あのガラクタも、この忌々《いまいま》しいアサシンもそうだけど……」

次に開かれた目にどこまでも冷たい輝きを浮かべながら、全力で『魅了』の権能を行使する。


「あなた達、私を少し舐《な》めすぎよ」


神殿の周囲の大地が崩れたかと思うと、その巨大な神殿そのものが空中へと浮き上がった。

巨大な銛《もり》の先端から繋《つな》がる鎖はそのままに、捕鯨砲より放たれた金色の鎖が、まるで街と空中要塞の間を繋《つな》げる吊《つ》り橋《ばし》のような形となって世界の中に浮かび上がる。

「なっ……」

流石《さすが》にヒッポリュテも驚きの声を上げ、揺らぐ神殿から落ちぬよう馬の体勢を立て直した。

「気付かないと思ったの？　地下をこそこそと動き回ってる子ネズミに」

神殿の基盤が今まであった地面の下には数箇所の穴が開けられており、そこに数人の人影が蠢《うごめ》いているのが見える。

「なるほど、神殿が私の力を底上げしていると踏んだのね。……間違いじゃないけど、神殿を荒らせば私を殺せると思ったなら……やっぱり不敬ね」

イシュタルはそう言いながら、戦鎚《せんつい》を構える。

在るだけで敵に死をもたらすとさえ伝えられた戦鎚《せんつい》に、己の魔力を上乗せしながら。

「それにしても、サーヴァントの方を囮《おとり》にするなんて、中々に大胆じゃない。とりあえず粉々にして私の世界から消えてはもらうけど、そういう人間は好きよ？」

心の底からの本音だという調子で『嫌いではない』と言いつつ、彼女は死を神殿の下にいた魔術師達に叩《たた》きつけようとした。

「カリオン！」

ライダーが名前を呼ぶと、呼応した馬が嘶《いなな》きと共に跳躍する。

吹き荒れる風の中、己の重量など無いかのように、飛来した木々やイシュタルが浮き上がらせていた大地の欠片《かけら》などを踏み台として森の空を駆け上がった。

「荒れよ戦帯！　デァマティア！」

ヒッポリュテは己の宝具たる戦神アレスの戦帯の力を解放し、斧《おの》の代わりに持ち替えた弓を引き絞る。

神気が帯より溢《あふ》れ、神殿に満ちたものとは異なる色合いの魔力が弓矢へと注《そそ》ぎ込まれた。

直後に撃ち放たれた矢は一直線にイシュタル女神へと進むが、イシュタルはその神気の込められた一撃を手にした戦鎚《せんつい》で打ち払う。

それは同時に、イシュタルの張り巡らせていた障壁を打ち破ったという事でもあった。

「惜しかったわね」

イシュタルは不敵に笑いながら、宙を駆け続けるヒッポリュテに告げる。

「月女神《アルテミス》か西《アレス》の戦神の領域《時代》なら、私を撃ち抜けていたでしょうに」

そして、矢を打ち払う為《ため》に横に薙《な》いだ戦鎚《せんつい》シタを、そのままヒッポリュテに向けようとした時──

今度は、眼下の神殿より無数の『呪い《ガンド》』が飛来した。

「！」

障壁こそ打ち破れなかったものの、飛散した呪いの欠片《かけら》が目眩《めくら》ましとなり、その隙をついてライダーは地上に馬を走らせ、神殿の最上階に居た者達を護《まも》るように降り立った。

神殿の上に現れた人影は二つ。

それぞれ赤と青を基調とした色の服が特徴的な二人の女性であり、双方ともに熟達した魔術師であると窺《うかが》わせた。


「間に合いましたわね。神殿に辿《たど》り着《つ》けたのが私《わたくし》とあなただけというのが不本意ですが」

青い服の魔術師――ルヴィアの言葉に、凛《りん》が減らず口を返す。

「ま、流石《さすが》はハイエナね。盗掘に乗り込むのはお手の物って感じだったから、その道を利用させて貰《もら》っただけよ」

「何度も言っておりますわよね？　地上で最も優美なハンター、とお呼びなさいと」

「こんな時でも訂正してくる奴《やつ》は優美とは言わないわよ……っと！」

軽口を叩《たた》きながら、凛《りん》は周囲に展開させていた宝石を消費して魔力弾を撃ち放つ。

それとほぼ同時にルヴィアも大量の宝石を消費した弾幕と障壁を展開し、空にいる女神の動きを牽制《けんせい》した。

二人の周囲には『影』が何かを窺うように蠢《うごめ》いているが、二人にもヒッポリュテにも襲いかかる様子はなかった。

「それより、この『影』はなんなんですの？」

「気にはなるけど、害がないなら無視よ、無視！　もしも味方なら儲《もう》けものでしょ！」

「まあ、ここまで来てしまったからには、確かに気にしても仕方ありませんわね」

口ではそう言うが、凛《りん》もルヴィアも最低限の警戒は常に『影』に向けている。

二人とも、魔術師としての感覚を通して理解していたのだ。

神殿の周囲に満ちたその『影』が、深き死に連なる存在であると。

同時に、その死の概念は、必ずしも自分達に向けられているわけではないと。

下手に突かなければ、こちらに害はない。

そう判断した彼女達は、空に浮かぶ『女神』に意識の大半を向けていた。

「イシュタル女神を名乗ってるらしいけど……随分と俗っぽいのね。ある意味神話の通りとも言えるでしょうけど」

挑発するように言う凛《りん》だが――不思議な事に、イシュタル女神は動きを止め、凛《りん》の事をじっと空より見つめて訝《いぶか》しげな表情を浮かべていた。

「？　何？　わたしの顔、何かついてるかしら？」

すぐに反撃が来るものと予想していた凛《りん》が首を傾《かし》げると、イシュタル女神が何かを思案するような顔のまま口を開く。

「あなた、どこかで会った事があるかしら？　この器のホムンクルスじゃなくて、『私』と」

「は？　メソポタミアの女神と？　冗談は存在だけにしてくれない？　こんな真似《まね》しでかす奴《やつ》と一回でも会ったら忘れるわけないじゃない」

ますます混乱する凛《りん》に対し、イシュタル女神は一人で勝手に得心したかのように頷《うなず》いた。

「……一方通行の違和感って事は、恐らくここではないどこかのあなたとの縁……って事ね。じゃあ、まあ……消していいわね」

うんうんと頷《うなず》いた後――なんの躊躇《ためら》いもなく、イシュタル女神は戦鎚《せんつい》を振り下ろす。

凄《すさ》まじい衝撃波が天空より打ち下ろされるが、間一髪で撃ち放たれたヒッポリュテの矢がその衝撃を相殺《そうさい》し――それにタイミングを合わせる形で、それまで小康状態であった『影』が地上から湧き上がり、神殿全てを包み込む勢いで膨張しながらイシュタルへと襲いかかった。

「ああもう、しつこいわね！　霊核が砕けてるのに、いつになったら消滅す……」

そこまで言った所で、イシュタル女神はふと気付き、表情を消して冷静になる。

マアンナを上空に飛ばし、距離を引き離しながら『影』の群れを改めて睨《ね》め付《つ》けた。

「ああ……なるほど、そういうこと？」


ライダーと凛《りん》、そしてルヴィアの三人は、影が目眩《めくら》ましになった隙をついて神殿の内部へと一時的に身を隠している。

「マスター、どうして姿を見せた。神殿に辿《たど》り着《つ》いていたのなら……」

己のマスターの内の二人に対して問うヒッポリュテの声に、凛《りん》が答えた。

「悪いわね、ライダー。内部から祭壇を破壊するって作戦だったけど……」

その言葉の後を継ぐ形で、『地上で最も優美なハンター』を自称するルヴィアが肩を竦《すく》めながら言った。

「この神殿の祭壇ですが、スノーフィールドで市販されていた宝石類が大量に並べられているだけで、触媒も美意識も存在しておりませんでしたわ」

「強いて言うなら、あの女と、バーサーカーのサーヴァント。それとあの馬鹿げた台風の三つが神器《じんぎ》の代わりを果たして、この土地の神性を安定させてる感じね」

凛《りん》の補足説明をうけ、上空を睨《にら》み付《つ》けながらヒッポリュテが呟《つぶや》く。

「……ならば、世界の変質を止めるには……」

「この神殿ごと粉々にすれば変質の速度は緩まるし、少しだけ権能も弱まるとは思うけど……根本的になんとかするには、その三つのどれかを討ち崩すしかない、か」

断言する凛《りん》。

「台風か、バーサーカーか、神霊だか呪いだかが入り込んでるホムンクルス。どの扉を選んでも大当たりで泣けてくるわね」

「優美さに欠けますが、バーサーカーのマスターを始末する方法もあるのではなくて？」

ルヴィアの問いに、聖杯戦争の経験者である凛《りん》が首を横に振った。

「見た感じ、あのマスター……女神と巫女《みこ》として魔力のパスが繋《つな》がってたわ。恐らくマスターの子を殺すなり無力化するなりした所で、マスター権があの女神様とやらに自動的に譲渡されて終わりでしょうね」

そこで一度言葉を止め、バーサーカーについて考える。

「七色の光輪、イシュタルの領域の守護……病院前の戦いを観測してたメアリ先輩からの情報や、天の牡牛《おうし》との組み合わせを考えるなら、あのバーサーカーはフワワで間違いないわね」

フワワ。

女神イシュタルの庭でもあるレバノン杉の番人であり、世界最古の英雄譚《たん》と言われるギルガメッシュ叙事詩において、ギルガメッシュを怖《おそ》れさせたとすら言われる怪物だ。

だが、最終的にはギルガメッシュと共に森を訪れたエルキドゥによって撃ち倒され、殺された後にその怪物性が世界に溶け込み、後にギリシャの地へと広まってゴルゴーンなどの怪異に影響を与えたとも言われている。

「あのセイバーには足止めをお願いしたけど……正直、無茶振りし過ぎたかしら」

×　×

西の森

バーサーカーであるフワワの右腕による一撃を紙一重で避けるが、余波として生じた凄《すさ》まじい衝撃に吹き飛ばされるセイバー。

天の牡牛《おうし》が移動した影響か、大地を覆っていた黒い濁流はいつしか消《き》え失《う》せており、瘴気《しょうき》にと毒に蝕《むしば》まれた木々の半数がぬかるんだ大地の中に倒れている状態だ。

本来ならば即座に枯れ腐り、消滅していてもおかしくない状況だが、恐らくは女神の加護が神殿を通じて森にまで働いていた結果だろう。

かろうじて近場の木に着地したセイバーは、空を見上げながら叫んだ。

「おいおいおい！　神殿が浮いてるぞ、ランサー！　もしかして、あれが噂《うわさ》に聞くバビロニアの空中庭園か⁉」

すると、空中を縦横無尽に駆け巡りながらフワワの手足を金色の鎖で抑え込もうとするエルキドゥが言った。

「まさか。庭園だなんて品のあるものじゃないよ。鎮座している女神が特にね」

「そういうものなのか？　しかし、この辺に湧き上がってる影はなんだ？　地下の一帯が何かに塗り変わったって話だが……」

周囲には力から重力に逆らう形で『影』が空に向かって伸び上がり続けており、光を喰《く》らい進みながら空を舞う女神を追走している。

「これは……幽谷の影だ」

呟《つぶや》くように、名も無き暗殺者が言った。

彼女もまたバーサーカーを相手に牽制《けんせい》を続けており、様々な宝具を組み合わせて相手の動きを抑制している。

「偉大なる御方が……その命脈を依《よ》り代《しろ》として生み出した、冥府への入り口そのものだ」

「冥府？」

セイバーは名も無き暗殺者の言葉が気に掛かったが、目の前でバーサーカーがエルキドゥの鎖を引き千切ったのを見て、勝手に納得しながら剣を構える。

「なるほど、さながらこのでかいサーヴァントは冥府で言うケルベロスの役割か！　一度の召喚でここまで立て続けに怪物を退治できるとは、心が躍るな！」

「怪物退治か……なんだか懐《なつ》かしいね」

セイバーの言葉を受け、セイバーに並走するランサーが言った。

その言葉の奥に、僅かに寂しげな――自分自身を責めるような感情を込めながら。

「怪物なんて……あの森のどこにも居なかったのに」

「……」

それを聞いたセイバーは、神速を持ってバーサーカーの背後に駆け抜けた後、急ブレーキを掛けながら身を翻《ひるがえ》し、言った。

「事情は分からないが……あのサーヴァントは、あんたにとって怪物じゃないんだな？」

言葉を交わしながらも、セイバーは宝具の準備を始める。

「ああ……彼女は……彼女達は、人間だよ」

己の剣に魔力を込めながら問うセイバーに、エルキドゥもまた、四肢に魔力を集中させながら答えた。

「命の在り方を教えてくれた恩人で……僕の、最初の友達だ」

己に言い聞かせるように、だが、決して迷う事なくそう答えた。

災厄の光を振りまく巨大な怪物を前にして『人間であり、友でもある』と言うエルキドゥの言葉に対し、セイバーは一瞬で納得しながら剣を構える。

「そうか、友達を怪物呼ばわりして悪かったな！　言い直そう！」

ニヤリと笑いながら、魔力の輝きを剣へと集束させていく。

「あの金ピカといい、こいつといい……お前の友達は、どいつもこいつも凄《すご》い奴《やつ》ばかりで心が躍るな！」

何一つ悪びれておらず、さりとて悪意も無い言葉。

「なんとも倒しがいがある！　俺とアサシンで引き留めるから、あんたもやりたい事をやれ！」

「！」

セイバーは、ここまでの動きからして、ランサーの目的がバーサーカーを倒す事ではないという事を理解していた。

だが、それを責めるつもりなどあろう筈《はず》もない。

自分はやりたいように動いた結果としてここにいるのだから、ランサーが何をしようとそれもまた自由だと考えていた。

「本当の俺は……こんな心躍る場所にはいない筈《はず》だ。煉獄《れんごく》で今この瞬間も焼かれ続けている筈《はず》だし、何より生前の俺がそう願った。だからまあ、ここにいる俺は偽物《にせもの》だろうと複製だろうと……なんでもいいんだ。重要なのは、今、ここに『俺』が立っているという事だ」

先刻、アヤカについてエルメロイ教室の面々に言った言葉と似たような言葉を口にする。

一つの目的の為《ため》に立場の違う者達が集まった、とある大戦。

非常に面倒ではあったが、同時に心が躍った事も記憶している。

セイバーとして顕現した今の自分にとっては、刹那の衝動こそが何よりも重んじるべきものであり、己が命をかけるに値するすべてだ。

英霊として再臨し、僅かな時を駆け抜ける今──一瞬一瞬の心の揺らめきこそ、己が生前に積み上げてきた結果である。

ライダーなどの別霊基で召喚されていたらまた別の、『王』としての思考が強く出る可能性はあるだろう。だが、此度《こたび》の現界は騎士であり、つい先日に聖杯に願う目的も得た。

同盟も共闘も行う。だが、それ以外の時は心のままにと決めている。

そんな自分が、同盟相手のやりたい事を止める事などできよう筈《はず》もなければ、そもそも止めたいとも思わない。

「俺達の時間は短く、記憶も座に還《かえ》れば消え去る！　だが、『記録』は書の一頁《ページ》のように、おぼろげだが、永遠に刻まれる！」

剣の輝きが増し、濡《ぬ》れた大地を煌々《こうこう》と照らし出す。

それに気付いたのか、名も無き暗殺者の相手をしていたバーサーカーがこちらに上体を向け、背の光輪を輝かせ始めた。

「いつか、人も星も全て終わった後でもいい。もしも本物の『俺』が煉獄《れんごく》から出る事を許されて、その『本』を読む日が来るなら……」

それを真正面から受けて立つとばかりに、セイバーは心の底から楽しそうに笑う。

「せめて、自分に誇れる一行を綴《つづ》りたいだろ？」

バーサーカーが光輪から虹色の災厄を撃ち放とうとしたその刹那──

「――『永遠に遠き勝利の剣《エクスカリバー》』――！」


輝きが森を支配し、空に架けられた黄金の鎖がその輝きに共鳴したかのように光を放つ。

剣が耐えきれずに粉々に砕け散るが――それを引き替えとして、天まで届こうかという斬撃がバーサーカーの身体《からだ》を切り上げ、災厄の光をも霧散させた。

最初に森で同盟を組む際に見た、木の枝によるエクスカリバー。

無論、木の枝と通常の剣とでは天と地ほどに差があるのだが、それを差し引いたとしても、エルキドゥの目から見て段違いに完成された宝具だと判じられた。

聖杯戦争への目的意識も無かった英霊が、己の願望を見つけ、マスターと正式に契約した。

エルキドゥがその変化を知る事はないが、ただ一つ確かな事は、セイバーは聖杯戦争の最中において何かを切っ掛けとして本来の力を取り戻したらしい、という事だった。

その背を見たエルキドゥは、自らも穏やかな笑みを浮かべて言葉を返す。

「恩に着るよ。そうか、これが『同盟』というものか……」

微妙に偏った知識を肉体に刻み込みながら、エルキドゥは天に浮かんだままの『銛《もり》』に視線を向けた。

そして、大地に手を翳《かざ》しセイバーの周りの地面を輝かせる。

「！」

驚くセイバーの左右に現れたのは──エルキドゥが己の宝具、『民の叡智《エイジ・オブ・バビロン》』で生み出した様々な名剣・宝剣の複製の数々だ。

「ささやかな御礼《おれい》だよ、好きに使い潰してくれて構わない」

その一本一本がセイバーの生きた時代では見る事も叶《かな》わぬレベルの宝具であったが──セイバーは砕け散った剣の代わりにその一本を摑《つか》み取《と》ると、躊躇《ためら》う事なく己の魔力を流し始める。

「感謝する。……あんた、あの金ピカの親友にしちゃ気前がいいな」

冗談とも本気とも取れる言葉を口にしたセイバーに、エルキドゥは、彼女《かのじょ》にしては珍しく、苦笑とも受け取れる表情を浮かべて飛び立った。


体勢を立て直したバーサーカーの目に、エルキドゥの姿が映る。

狂気と令呪の力に囚《とら》われた今、理由を考える事すらできぬままに右腕を伸ばした。

かつて自分を殺した神の楔《くさび》。

恐ろしき兵器。憎むべき敵。

だが、今はこちらに背を向けている。

金属に覆われた腕が伸ばされた先を飛ぶ若草色の人影の中に、一瞬だけ小さな花の冠の幻が浮かび上がったが──その錯覚を認知した僅か一欠片《かけら》の魂は、即座に数多《あまた》の憎しみと恐怖の奥へと押し込められた。

死と破滅をもたらした者に、より深き死と破滅を。

単純明快な報復の理《ことわり》は、狂気を一つの方向に誘導する。

何もかもが負の感情に呑《の》み込まれようとしたその瞬間。


再び、光の斬撃がバーサーカーの視界を包み込んだ。

×　　×

背後にセイバーの宝具の放つ閃光《せんこう》を感じながら、エルキドゥは跳躍する。

セイバーの宝具の威力は凄《すさ》まじいが、フワワを倒しきる事はできないという演算結果がエルキドゥの中で弾《はじ》き出《だ》されている。

マスターとサーヴァントの関係以上に、イシュタルとフワワの間で、神殿を通して強いパスが繋《つな》がっているのが感じ取れた。

ならば、神殿の制御かこの地に満ちたイシュタルの神性そのものを奪わない限りは、フワワの霊基を壊しきる事はできないだろう。

ある意味、現在のフワワは生前に自分とギルガメッシュが共に挑んだ時よりも倒しづらい存在であると言えた。

――それでも……。

――恐《こわ》さを感じたのは、あの時の方が上だったかもしれない。

ただ強いだけならば、ギルガメッシュは怯《ひる》みなどしない。

フワワの本当の恐ろしさは、その中に内包した、神々によって意図的に生み出された人間の狂気であり――更なる内側に、真《しん》に人間の心を持ち合わせていた事だ。

神殿と繋《つな》がり、イシュタルの完全な制御下にある現在のフワワならば――令呪の力で人間の心を覆い隠された状態のフワワならば、ギルガメッシュが動揺を見せる事はないかもしれない。

だが、入れ替わりに神の僕《しもべ》としての側面が生まれ、サーヴァントの枠を大きく超える力を得ているのも確かだ。

だからこそ、迷っている暇はない。

今の自分は、セイバーをただ足止めの為《ため》の道具として利用したのと同じだ。

道具である自分が、他者を己の目的の為《ため》に使ったも同然だ。

己がそう認識したという事実が、エルキドゥの霊基の奥にある歯車を軋《きし》ませる。

だが、その軋《きし》みは、彼《彼女》が止まる理由にはならない。

自分の『今回』の行動が正解となるかどうかも、現時点では闇の中だ。

未来永劫《えいごう》、何度同じような奇跡が起こり、ギルやフワワとの巡り合わせがあったとしても、最後まで望みを叶《かな》える事はできないのかもしれない。

友を救う為《ため》か、あるいはまた救いを押しつける事になるのか。

それでも、やると決めたからには、己自身を道具として扱うと決めたのならば、最後まで駆け抜けるべきだろう。

——「あんたも、やりたい事をやれ」

セイバーの先刻の言葉が蘇《よみがえ》る。

マスターからも、それを望まれた。

「気軽に言ってくれるね」

愚痴のようにも聞こえる言葉だが、その声はどこか嬉《うれ》しそうに弾み、エルキドゥの記録回路の中に過去の景色が映し出される。

今はもう果ての景色、ウルクの街や、その時代を駆け巡った記録。

あの時の自分は、どうだったのだろう。

神の道具として在り続けたのか、友の道具として寄り添ったのか、もっと多くの人々に身を捧《ささ》げようとしていたのか——

あるいは、ただ、そうしたかったという自分の願いの為《ため》に生きたのか。

その答えは英霊として生前の自分を客観視できる今なら答えを出す事ができるのかもしれないが、エルキドゥはその演算が無意味であると判断する。

今の自分にできる事は、杉の森の外にあった最果ての景色を、そこに身を置いた自分が辿《たど》り着いた今を『あの子』に伝える事だけだ。

だからこそ、その為《ため》に、再度エルキドゥは壊さなければならない。

フワワが命を賭《と》して護《まも》り続けるものを。

人に加護と支配をもたらす、一柱の女神の理《ことわり》を。

そのためならば、出し惜しみなどはしない。

己の持てる霊基の全てを使い潰してでも、この一瞬の幻を駆け抜ける。

エルキドゥは、それこそが己の『やりたい事』であると設定した。

「ギルと比べて、気前がいい……か」

先刻のセイバーの言葉をもう一つ思い出し、エルキドゥは独り言として呟《つぶや》いた。

「ああ、そうか」

イシュタルのねじ曲げた大地に搦《から》め捕《と》られ、完全に動きを止めている巨大な銛《もり》。

その上に降り立ち、手を銛《もり》に翳《かざ》しながら──神造兵器は、己の霊基を銛《もり》へと融合させる。

今こそ、女神という名の獣を檻《おり》に捕らえんと。

「僕があまりにも浪費し過ぎたから……ギルは、倹約家になったのかもしれないね」

建造物のように巨大な銛《もり》が再び輝きを取り戻し――

絡《から》み付《つ》いた大地そのものを四散させながら、その先端と柄が十六に分かれて投網《とあみ》の様に森の上空に拡散した。

一つ一つにエルキドゥの魔力が込められた十六の銛《もり》が、神気に満ちた大気を凄《すさ》まじい勢いで切り裂きながら突き進む。

だが、それを許さぬとばかりに世界の中に悍《おぞ》ましき咆吼《ほうこう》が響き渡った。


『――――――――――――――――――――――――――』


エルキドゥの魔力が膨れあがるのを察したバーサーカーが、セイバーの宝具で後ろに押し倒されながらも、左手を伸ばす。

文字通り、左腕が物理法則を無視した挙動で拡張し、巨樹の如《ごと》き大きさにまで広がった手指が分割した全ての銛《もり》と、それに連なる無数の鎖を絡《から》め潰そうとした。

だが――

「──異想追憶《ザバーニーヤ》──」


名も無きアサシンの宝具は、それを許さなかった。

触れただけで万物を消し飛ばすかの如《ごと》き勢いで放たれたバーサーカーの巨掌が、眼前に立ち塞がった名も無きアサシンに触れた瞬間、煙のように霧散したのだ。

バーサーカーの左手だけではない。

アサシン自身の身体《からだ》もまるで朝靄《あさもや》の煙のように溶け消え、全てが風に噴き散らされた。

「────」

2秒後、バーサーカーが再認識した時には、左腕は伸ばされる前の形のまま元に戻っており、地上には無傷のアサシンが息を荒らげながら膝を突いている。


それは、歴代のハサン・サッバーハの中でも初代を除けば屈指の暗殺者であったと言われる、『煙酔のハサン』と呼ばれる長《おさ》の御業《みわざ》であった。

特殊な煙に酔わせる事で対象を惑わせる事を得意とした暗殺者だが、その真の力は己も相手も、世界すらをも酔わせて全ての『境目』を消し去り、己を文字通り世を漂う煙のようなものへと変えて世界に蕩《とろ》けさせ、戦いとなれば相手の全ての攻撃を無へと帰すという実力者。

最後は民を護《まも》る為《ため》に術を解き命を落としたとされており、逸話を知った名も無きアサシンが山の翁《おきな》という在り方に敬意を抱く切っ掛けとなった存在でもある。

名も無き暗殺者と言えどもその絶技を完全に模倣する事は叶《かな》わず、本物は七日七晩己を霧へと変えたと言われる所を、彼女は膨大な魔力を用いて数秒のみという再現に留まっていた。

だが、それでも、彼女の行動は戦況を確実に変えた——勝敗を決定づけた要因の一つだと言っても過言ではない。


この一瞬のやり取りの結果として、ついにエルキドゥの撃ち放った『錏《もり》』が分裂しながら神殿へと絡《から》みつき——スノーフィールドの街と神殿が、今ここに神代の鎖をもってして繋《つな》ぎ止《と》められたのだから。

×　　×

数十秒前　スノーフィールド西部　上空

「！」

足元から伸びる光を感じ、イシュタルはマアンナを旋回させる。

地上より伸びてきた宝具の斬撃を間一髪で避けたイシュタルは、それを撃ち放ったセイバーを見ながら眉を顰《ひそ》めた。

「あのセイバー……星の聖剣の『もどき』とはいえ、流石《さすが》に宝具を打ち過ぎじゃない？」

致命傷とまでは行かずとも、フワワにとって有効打となるレベルの宝具を無尽蔵に連発するセイバーに対し、自らがデタラメな魔力量を誇る女神も流石《さすが》に違和感を覚え始める。

「この『器』が見つけて来たあのアヤカって子……私が想像してたよりも厄介なのかも――」

言いかけた所で、イシュタルは更に身を翻《ひるがえ》しながら戦鎚《せんつい》を振るった。

光が輝き、広範囲の『影』が薙《な》ぎ払《はら》われる。

七頭の戦鎚《せんつい》シタの巻き起こす衝撃は凄《すさ》まじく、もしもそれを人類社会に対して振るっていたならば、ただの一振りで都市に致命的な破壊を与えるであろう威力であった。

影は光を浸蝕《しんしょく》しながら拡散し、空を夜の如《ごと》き闇に覆い尽くさんとばかりにイシュタルの周囲を取り囲んでいる。


だが、それでもなお、イシュタル女神はその威光を陰らせなかった。


「……あなたの狙いはお見通しよ、晦冥《かいめい》の舟人」

マアンナの上に立ち、周囲全ての影を圧倒的な神性で拒みながら言った。

「あなたは霊基そのものに『死』の概念を同化させた」

魅了した周囲の大気が巨大な透明の腕と化し、迫り来る影を受け止める。

「このまま霊基が崩壊すれば、その魂が私の中に流れ込んで、自動的に私をも『死』と同化させられる……」

右腕で翳《かざ》したシタを軽く振ると、その大気が陽光の如《ごと》く光り輝き、受け止めていた部分の影を世界の中から消滅させる。

「自分自身が晩鐘そのものになって、相手と心中する形で冥界に引きずりこもうだなんてね。聖杯戦争に一番向かないタイプの宝具じゃない」

見下すように言うが、嘲りの色はない。

あくまで上からの態度を崩さないが、彼女は既に認めているのだ。

それが成されたならば、自らとて無事では済まないと。


シュメールの神々とて、必ずしも不死では無い。

むしろ、イシュタルは冥界との関わりが深く、何度か『死』を経験している神性でもある。

有名なのは、イシュタルの『冥界下り』の逸話だろう。

姉妹であり、神として天空と冥界という表裏一体の概念を司《つかさど》る女神エレシュキガルと対立関係にあった時、冥界に乗り込んだイシュタル神がその姉妹神に殺害される——といった内容の神話が散見されている。

故に、自らが顕現している以上はエレシュキガルの属性も世に現れかねないという事であり、イシュタルは自らの『死』を無視する事はできない。

完全なる神としての顕現であれば──あるいは星の表層の塗り替えの完了を見据え、現れるであろうガイアの抑止力を迎え撃つ準備を完遂させられるレベルまで『昇華』した後であれば、冥界からの蘇《よみがえ》りを経験している逸話より一定の『死』すら否定する事はできるであろう。もっとも、そこまでしてもガイアの力に抗《あらが》えるかどうかは全く別の話ではあるのだが。

だが、今の自分はまだ女神が世界に残した『残響』が小聖杯である器に宿っているに過ぎず、権能の再現はできても不死性までは得ていない。

死の概念すら無い状態であれば、それこそ幽谷の番人である初代の『翁《おきな》』の力が必要な事案となるであろう。

未《いま》だその領域に到《いた》らぬ自分は、権能を用いて『死』を極限まで遠ざける事はできても、『死』の概念そのものを流し込まれればただでは済まないとイシュタルは理解していた。

「今さら動機は問わないわ。人として刻んだあなたの覚悟も、祝福します」

荘厳《そうごん》なる気配を纏《まと》ったまま、イシュタルは全ての『影』を睥睨《へいげい》する。

己を取り囲むものだけではない。

この星のありとあらゆる『影』に対して宣告するかのように、イシュタルは戦鎚《せんつい》シタを高らかに掲げながら、世界の表層そのものに己の声を響き渉《わた》らせた。

「女神に弓を引いた蛮勇の結果だけを、この星に刻みましょう」

周囲に満ちていた神性が集束し、周囲に広がる数多《あまた》の影に対して宣告する。

「我が身、我が名において、この地を第二のエビフと認めた意味……思い知りなさい」

かつて、イシュタル女神はエビフ山を破壊し、その山の神性を消滅させている。

その上で神殿を築いて己の土地へと塗り替えたのだが――

現世《うつしよ》において、彼女はその再現を成そうとしていた。


イシュタルの魅了によって圧縮された『世界』が、天空の一点へと集束していく。

天空とは、この瞬間、この一点のみと定める。

そう言わんばかりに、地球の空がイシュタル女神の掲げるシタへと集い始めた。

雷雲の全ては西の牡牛《おうし》の元へと集い、蒼穹《そうきゆう》の輝きはイシュタルの元に跪《ひざまず》く。

現段階でこの地上に顕現している『神』は己一人であると示すべく、イシュタルはただ天の女主人としての輝きを星の表層に煌《きら》めかせた。

「この地の『影』が、私を否定すると言うのなら――」

仮初《かりそ》めの金星として生み出したその輝きを、地上に堕《お》とし、死を纏《まと》いし冥界の影をスノーフイールドの地ごと照らし祓《はら》う為《ため》に。

「エビフの山嶺《さんれい》と同じように、粉々に撃ち砕いてあげるわ！」

神殿を除いた一帯の全てを破壊し、浄化せしめる一撃。

ハルリやバーサーカーも巻き込む事になりかねないが、単に存在を忘れているのか、あるいは神殿の加護を離れていた場合はやむなしとして流すつもりなのか、女神の心を知る者は誰もおらず――

聖杯戦争の黒幕達が目論《もくろ》む『オーロラ堕《お》とし』を待たずして、スノーフィールドの地が地図から消え去る事がイシュタル女神の意向により決定した。

「ジュベル・ハムリン――――」

天空の輝きが地上に降り、裁きの時が訪れようとしている。

だが、『影』は怯《おび》えない。

慌てふためく事もない。

幽弋《ゆうよく》のハサンの生み出した『影』は、時間稼ぎでも目眩《めくら》ましでも無かった。

少なくとも、この直前までは。

だが、この瞬間――　『影』は地上付近を女神の神眼《め》から覆い隠しており、彼女にとって何より重要な瞬間を見逃すという結果を引き起こす。

エルキドゥが銛《もり》を神殿に刺し、森に満ちた神代の空気と、街の中心に聳《そび》えるビルの最上部が接続される瞬間を。

×　　×

ネオ・イシュタル神殿最上部

時は僅かに遡り、イシュタルが天に金星を生み出す為《ため》の光を集め始めた頃——

その膨大な魔力のうねりを感じたライダー達が、神殿の上部へと顔を出した。

恐らくイシュタルはこの宙に浮かんだ神殿よりも遙《はる》か高所に浮いているのだろうが、空に集束する『影』が丁度傘のように広がっており、肝心のイシュタル女神の様子は視認できない。

だが、その影の外側——世界そのものの空が歪《ゆが》んで感じられる程の魔力の集積を感じ取ったライダー達は、一つの終局が訪れつつある事を理解した。

「まずいな。あの魔力が叩《たた》きつけられれば、この一帯が消し飛ぶぞ！」

ライダーはそう言いながら愛馬を顕現させる。

「迎撃は難しいと思うが、やれるだけの事はやる！　マスター！　全員防御体勢を取れ！　退避は転移魔術でもなければ間に合わん！」

天に向かって叫ぶライダーだが、それは念話によって森の周辺に居る全てのマスター──エルメロイ教室の関係者達に伝わっていた。

すると、彼らの意志を代表する形で、ヴェルナー・シザームンドが念話を返してきた。

『万事了解です。些《いささ》か分の悪い状況ですが、こちらはこちらでなんとかしましょう。ライダーは自由に動いてください』

「……いいのか？」

あっさりと答えたヴェルナーからの念話にライダーは訝《いぶか》しむが、続いて苦笑混じりの意志が伝わって来た。

『ええ。私も今、光栄極まりない【ひと仕事】を終えた所でしてね』

「？」

『不思議な事ですが、こういう時、各自で動くのが一番効率が良《い》い。それに……』

ヴェルナーは既に魔術を発動させ始めているのか、徐々に念話が揺らぎ始める。

だが、諦めと信頼が半分ずつ混じった意志を乗せ、ヴェルナーは最後まで言い終えた。

『今の時点で、一番やりたい放題やる二人がそこにいますからね』

「──Anfang《セット》.」

その声にライダーが振り返ると、凛《りん》は既に詠唱を開始していた。

周囲に宝石を展開させつつ、己の魔力を練り上げていく。

「Brennender Himmel《熾天を想え》——Ich kenne den Kreis《それは円環》,Die Blumen beschützen mich《花の護り》,Der………」

詠唱の内容から何をするのか察したのか、ルヴィアは自らの術式を展開しようと宝石を手にし——それを途中で中断する形で、振り返りざまのガンドを撃ち放つ。

高速で飛ぶ呪いの弾丸。

だが、それは結界によって防がれた。

三角形状に並んだ瑠璃色の蜂の合間に生み出された障壁が、コンクリートをも砕くガンドを受け散らしたのである。

「神殿を……これ以上穢《けが》す事は許しません！」

イシュタルの巫女《みこ》でもあるバーサーカーのマスターが、ライダー達を取り囲むように瑠璃色の蜂の群れを散開させた。

ルヴィアは術士を排除すべく、ライダーは凛《りん》を護《まも》りながら宝具を発動させるべく行動を開始しようとする。

それよりも一瞬早く、凛《りん》の詠唱が完成されつつあり——

更に一瞬だけ早く、エルキドゥの『銛』が神殿へと到達した。

「Aias der Tera《アイアスの名に》……えっ⁉」

最後の一節を紡《つむ》ぎ終える刹那、凛《りん》の身体《からだ》に膨大な『世界』が流れ込んだ。


一瞬の間に、永遠が過ぎ去ったような感触。

通常であれば発狂してもおかしくない『力』が遠坂凛《とおさかりん》の身体《からだ》に押し寄せるが、その力は彼女を優しく庇護《ひご》するかのように、魂にも肉体にも何一つ傷つける事なく体内を巡り始めた。

ただ、その瞬間——凛《りん》は覚醒しながらに夢を見る。

表裏一体、蒼穹《そうきゅう》は夜天の如《ごと》く塗り替わり、周囲が深い地の底へと変わる様を。景色の全てが裏返るようでもあり、遥《はる》か上空に浮かぶ『影』が温かみのある青白い光へと変わる光景を。

「はっ？　ちょっ、何⁉」

それに合わせて、身体《からだ》と周囲の宝石に溜《た》め込んだ魔術の構成が強制的に切り替えられ始めた。

いつもの凛《りん》であれば意地でも抵抗する所だが——不思議な事に、この瞬間の凛《りん》は混乱しつつもその組み替えを受け入れる。

初めて撃ち放つ魔力である筈《はず》なのに、それを行使する『力』、すなわち今の凛《りん》の身体《からだ》と魔術回路を操っている何者かが、勝手知ったるとばかりの動きで魔力を流麗に巡らせたからだ。

まるで、過去か……あるいは未来で、何度も繰り返してきた事だとでも言わんばかりに。

だが、抵抗しなかったのには、もう一つの理由があった。

凛《りん》はその魔術における天才性が故に、自らの魔術回路を支配されながらも、即座に理解してしまったのである。

これから撃ち放つ術式が、自らが生成しようとしていた『盾』よりも、遙《はる》かに強力な有効打になり得るという事を。

そして——魔術は解き放たれる。

ライダーとルヴィア、そして蜂を操る巫女《みこ》は『それ』を見た。

わずか数秒間だけの事象であったが、遠坂凛《とおさかりん》の髪の毛が金色に染まり、その双眸《そうぼう》が緋色《ひいろ》に輝く姿を。

だが、それよりも皆が目を見開いたのは、凛《りん》が撃ち放った術式だった。

七つの巨大な花弁《はなびら》を広げて万象を防ぐアイアスの盾、ルヴィアは凛《りん》の詠唱から生み出される物をそう認識していた。

しかし、七つの巨大な花弁《はなびら》までは同じだが、その花弁《はなびら》は昏《くら》き土の色に染め上げられており、青白い炎を周囲に燃え上がらせながら天空高くへと昇っていく。

その姿は花弁《はなびら》というよりも――

一つの大地が、空を抑え込もうとしているかのようだった。

×　　×

上空

「ジュベル・ハムリン・ブレイカー！」

イシュタル女神が、己の下す神罰の名を紡《つむ》ぎ終え――

擬似的に生み出された金星の輝きが、破壊と終焉《しゅうえん》をもたらすエネルギーとなって大地へと落下し始めた。

だが、その瞬間。

女神の眼下の影が、一斉に霧散する。

「？」

いや、正確には霧散したように見えただけで、その下からせり上がってきた『世界』の中に取り込まれていったのだ。

こちらに迫り来る、巨大な花弁《はなびら》の形をした大地の中に。


「なっ……」


フィリアという器の中に憑依《ひょうい》してから、初めて見せる強い戸惑いの表情。

だが、イシュタルの神眼《しんがん》は何が起こったのかをすぐに把握し、理解すると共に眼《め》を細めた。

「そういう事……あのガラクタ……やってくれたわね」

前々から、『冥界』の気配は感じていた。

街の中に、それを司《つかさど》るサーヴァントがいるという事も。

しかしながら所詮はサーヴァントの力であり、己と縁のある冥界とは位相がズレている為《ため》、逸話に紐付《ひもづ》けてこちらに死を与える程の存在ではない、と軽く見ていた。

だが、状況は僅か数秒で裏返り——

街の中にある冥界への繋《つな》がり、即《すなわ》ちギルガメッシュの遺骸のあるビルと、このメソポタミアを起原とする神域が、同じ時代の神性によって生み出された『天の鎖』によって繋《つな》ぎ止《と》められたのである。

神の残滓《ざんし》たる自分がこの世界に顕現しているという事は、表裏一体の存在である別の神の側面もどこかに生まれていた可能性はあった。

それでも、フィリアという器を己が完全にコントロールしている間はその『もう一人の女神』がこの世界に顕現する事はないと確信していたのである。

その前提が、いまここに裏返ったのだ。

「あの黒髪の魔術師……何か違和感があると思ったら、あの根暗な女神とどこかの世界で縁があったのね……！」

忌々《いまいま》しげに吐き捨てながら、大地より迫り来る『冥界』そのものをターゲットとして切り替え、かつてのエビフ山を打ち崩した力を叩《たた》きつける。

天空と冥界の激突。

世界の中に光と影が溢《あふ》れだし、スノーフィールドの空に横薙《よこな》ぎの衝撃波を走らせた。

輝きと陰りが空を走り抜け、世界の終わりを思わせる景色が神殿の上部に広がり続ける。

「それでも、ここは冥界じゃない！　私の領域よ！　エレシュキガル！」

イシュタル女神は己の裏側でもある神性の名を叫んだ後、己の権能を持ってせり上がる冥界そのものを捻じ伏せようとした。

更なる魔力を星の空から凝縮させ、このまま世界中の空を奪い去るのではないかと言わんばかりの『光』を生み出さんとする。

「この蒼穹《そうきゅう》の中で、あなたの権能を私に通せるなんて――」

言いかけた所で、イシュタル女神は弾《はじ》かれたように顔を横に向けた。

何かが、こちらに迫ってくる。

神である自分を殺害せしめる何かが。

だが、気付いた時には既に遅かった。

避けようの無い速度で、東の地上から何かがこちらに飛来してくる。

マアンナを操る暇もない上に、ここで下手に動けば眼下の『冥界』に握りつぶされる事は必至だ。

それでも、イシュタル女神の神性の全てがその『何か』を防ぐ事を選択する。

戦鎚《せんつい》シタを持たぬ方の左手を東に向け、全力で権能を行使してその『何か』を止めようとしたのだが――

『何か』はその全ての権能すらをも撃ち砕き、音を置き去りにする速度で、この場より生み出される光と影の衝撃波を潜《くぐ》り抜《ぬ》けながらただ一途《いちず》に空の中を突き進む。

それは――一本の矢。

先刻まで復讐者《ふくしゅう》が撃ち放っていた魔矢とは違い、シンプルな構造をした鉄の塊。

だが、イシュタルの神眼《しんがん》は見た。

その小さな矢に、己を、イシュタル女神を空より失墜させる概念が煮詰められているのを。

寧《むし》ろ、天空に居座る『神』を射落とすそのためだけに生み出された矢であると言っても良い。

――何故《なぜ》、こんなものが。

――私は知らない、ウルクの時代にだって、こんな――

恐怖や怒りよりも先に、強い困惑が湧き上がる女神は、思わず己の全霊を懸けてその矢を破壊しようとした。

しかし、全ては遅く――そんな女神の左手に、矢が音もなく直撃する。

左手の平に突き立った矢は、そのまま神の肉体と化しつつあった『器』の左腕を切り裂きながら空へと抜け、やがて勢いを落として地上へと落ちて行った。

間一髪で急所だけは避けたが、結末は変わらない。

「……」

ズタズタに切り裂かれた腕に、『冥界』の影と融合し、ガルラ霊の如《ごと》き形を持った『影』

——即《すなわ》ち死の概念が入り込む。

己の魂が死と融合し、眼下の冥界へと引き込まれつつある事を理解しながら、イシュタル女神はなおも群がる影へと言った。

「……どこまで、あなたは読んでいたのかしら、晦冥の舟人《アサシン》」

影は徐々にその姿を崩壊させつつあり、もはや自我のようなものは感じられない。

恐らくは霊基が限界を迎えたのだろう。それでも、結局その『死』と融合した魂は小聖杯の器である自分に流れ込むので、意味はないのだが。

権能を持ってそれを防ぎ続けていたが——その権能による護《まも》りが『矢』によって穿《うが》たれたのだ、もはや流れ込む死を防ぐ術は無かった。

「あなたにとって私は『神』ではないのだろうけれど……誇りなさい」

強がるように微笑《ほほえ》んだ後、イシュタル女神の身体《からだ》が空より落下し始める。

「あなたは……この蒼穹《ソラ》に、確かに鐘を響かせたわ」

女神は落下する神殿に身を任せながら、神眼《め》を東に向け、もう一つの影を探した。

そして、ついにその姿を見つける。

自分の権能を撃ち砕き、『神』を撃ち抜く為《ため》だけの矢を放った者の姿を。
それは、スノーフィールド警察署の屋上に伏せながらこちらに弩弓《どきゅう》を構える——
幼さの残る顔つきをした、魔術使いの傭兵《ようへい》であった。

間章に非ず

『みずたまりは蒼穹を映し呑む』

警察署　屋上

弩弓《どきゅう》を打ち終えたシグマの心は、驚く程に冷静だった。

外せば全てが終わるという状況だったが、何故《なぜ》か外さないという確信があったのである。

自らの射撃の腕前、という話ではない。

この弩弓《どきゅう》が、ただ一人の神――イシュタル女神を射落とす為《ため》だけの存在であるという確信があったからだ。

「正直……ここまでとは思わなかった」

冷静に呟《つぶや》くシグマに、横に座る大柄な狩人《かりゅうど》の『影法師』が言った。

「神堕《かみお》としの弓ねぇ。俺からすりゃ複雑な気分だが、まあ、なんだ。たまにそういう代物ってのは生まれちまうんだよな。因果が先だから絶対に当たるとかいう、インチキじゃねぇのかそれって代物がよ」

普段ヘラヘラしている狩人《かりゅうど》の影法師がいつになく真剣な顔つきで言っているのを見た後、シグマは静かに思い返す。

この矢が生み出された、つい先刻の出来事を。

×　　×

数十分前　警察署内

「お前さんの事は、色々知ってるぜ？　随分と派手に動いてるみたいじゃねえか」

シグマの前に現れたデュマは、こちらを警戒する様子はまるで無かった。

言葉通り、彼は知っているのだろう。

こちらのサーヴァントに何一つ攻撃能力が無い事や、警察署長達と敵対する状況では無いという事に到《いた》るまで。

そんな大作家は、シグマが渡した『弩弓《どきゅう》』を眺めながら言った。

「お、なんかヤベぇのが宿ってる感じがあるが、ギリギリ俺でもいじれそうだ。まあ、俺に修正できねえレベルのもんなら、何もしなくても女神に矢が通るたぁ思うがね」

繰丘椿《くるおかつばき》の両親が用意していた、英霊を呼び出す為《ため》の触媒として使おうとしていた弩弓《どきゅう》である。

「とはいえだ、女神を射止めるとなりゃ、流石《さすが》の俺でも手に余りそうだ。そういうのに詳しい奴《やつ》のアドバイスがいるな」

肩を竦《すく》めながら言うデュマに、警察署長が言った。

「無茶は承知だ。必要とあらば令呪で魔力の底上げもしよう」

「そいつは当然だ。一画使ってもらう事になるが、その上で更に助力が必要って話だぜ？　本来は俺の手にあまるレベルにまで、この宝具を引き上げようってんだからな」

「遺物の扱いについては、私もそこまでの知識はないぞ」

「ああ、あんたじゃねえよ、兄弟。もう専門家に話はつけてる」

デュマはそう言うと、懐《ふところ》から一台の携帯電話を取りだした。

署長の知らない機種であり、青い色合いが特徴的な一台である。

「？　なんだそれは」

「秘密兵器って奴《やつ》さ、兄弟。まあ、俺もついこの前に貰《もら》ったもんだが」

気楽な調子で言うキャスターは、弩弓《どきゅう》の横に携帯電話を置いて語り掛ける。

「で、ちゃんと聞こえてたかい？　先生よう」

すると、携帯電話から声が聞こえてきた。

『良好だとも。ペリゴール社の最新型並みの音質だな』

「待て、キャスター。その携帯電話は何故《なぜ》通じている？」

既に通信は止められているという事は、魔術的な通信を行っている事になるのだが——その青い携帯電話は余程巧妙に魔力が隠蔽されているらしく、署長の目にはただの青い携帯電話としか判断できなかった。

「こいつは特別製でね」

そう言った後、キャスターは携帯電話の先にいる相手に問う。

「で、どうだい先生。なんかいいアイディアはあるか？」

『……かの大文豪にアイディアを伝えるなど、畏れ多い話ではあるが……躊躇《ためら》っている暇もあるまい』

「この声は……まさか、ロード・エルメロイ殿か⁉」

『前にも言ったが、Ⅱ世、をつけて貰《もら》えると助かる』

先日、フラットと同盟関係を結んだ際に通話した時計塔のロード。

その時になんらかの縁を結んだのだろうか？

署長は今すぐにでもキャスターを問い詰めたかったが、そんな事をしている場合ではないと判断し、改めて携帯電話に告げる。

「失礼した、Ⅱ世殿。私からも改めて助力を願いたい」

そして、エルメロイⅡ世のアドバイスを受けながら、突貫での作業が始まった。

『……まず、大前提として、その繰丘《くるおか》夫妻の用意していた始皇帝《しこうてい》の弩弓《どきゅう》が本物であるかどうか、という事が重要だが……キャスター殿の分析とシグマ殿の情報を統合して考えるならば、恐らくは本物と見て良いだろう』

Ⅱ世の声を聞きながら、デュマは執務机に腰掛けて次々と紙にペンを走らせ続ける。

その執務机の横には古めかしい調理用の大鍋が置かれており、奇妙な空気が部屋の中に広がっていた。

キャスターが宝具によって顕現させた料理鍋に弩弓《どきゅう》を入れ、そこに彼が執筆した『原稿』を放り込んでいくというシュール極まりない光景。

普通に手で触るだけでも組み替えは可能なのだそうだが、大掛かりなものの場合はこのように手順を踏む必要があるとの事だった。

『件《くだん》の神霊がシュメールにおけるイシュタル本人、もしくはそれに類する側面を持っているのだとしたら、司《つかさど》る領域は天空だ。更に言うならば、先日私の生徒が巻き込まれた固有結界に近しい世界……所謂《いわゆる》冥界の要素が街に残っているとすれば、エレキシュガルとシュメールの冥界の相も顕現している可能性は高い。あくまでこちらは希望的観測であり、今回の作業において頼れるものではないがね』

「じゃあ、どうすんだい、先生」

他人に対して楽しげに『先生』と連呼する大作家に、電話の向こうにいる魔術講師は仏頂《ぶっちょう》面《づら》のままで断言する。

『照応だ』

「照応?」

『始皇帝《しこうてい》のその弩弓《どきゅう》は、不老不死探究を命じられた徐福《じょふく》の航海を妨げる海神——つまりは大海の化身である大鮫魚《だいこうぎょ》を射殺《いころ》したとされるものだ。シグマ殿が見たという赤い麗人は、冥界という場に顕現したその海神の残滓《ざんし》であった可能性が高い』

II世はそう言うと、淡々とした調子で——神殺しの術を口にし始める。

『大海の青さは天空の映し鏡。そこを起点として組み替えれば、偽りの「神堕《かみお》とし」を生み出す事は充分に可能だろう』

まず、大前提として『可能』だという言葉が出て来た事に、署長とシグマは驚き、デュマは楽しげにペンを走らせ始める。

『そこの英霊が言う、宝具の上書きなどという冗談のような能力が本当ならばの話だが……そこを疑ってはいない。そもそも神の残響が天の牡牛《おうし》を呼び出しているという時点で、悪質な冗談を通り越している状況だからな』

「なるほど?」

デュマが相槌《あいづち》を打って更に書き進めようとするが、II世がそこで一度待ったをかけた。

『少し待て。上書きするにしても、中国とシュメールの逸話はまるで異なる。無理やり通すなら「翻訳」が必要だろう。そちらにヴェルナーはいるな。あいつの蝶《ちょう》魔術を併用して、弩弓《どきゅう》自体を生まれ直させる儀式をつくれ。……シュメールだったら、端《たん》を発する射手座の象徴と神話の変容――この場合ならパピルサグとケイローン、それにケンタウロスの起源のひとつともされる騎馬民族の術式を利用して――そうだな、太陽を射落とした羿《げい》の逸話は活用できるだろう』

流れるように溢《あふ》れ出《だ》す知識を前に、シグマは圧倒され、時計塔の魔術師には知識量では決して勝てないだろうと理解する。

時には純然たる知識を、時には完全なる愚痴のようなものまで交えながら、Ⅱ世は言葉を止める事無く、限られた時間の中で最大限の『資料』をパリの文豪へと提供し続けた。

『人類史において、金星は最も人に近しいものとして愛された、輝ける明星だ。悪魔とされたルシファー、後に悪魔とされた件《くだん》の女神のように。だからこそ皇帝の威厳をもって悪霊《あくりょう》を打ち払う形式を取れば、最低限の筋はつくれるはずだ。ああくそ、東西でこんな神話を交流させてしまったのは、あいつの仕業だからな。この場合だと、ヘレニズム時代の形式を使えば馴染《なじ》みはいいだろうよ。ヴェルナーかスヴィンならここまで聞けば、理解できるはずだ……フラットなら、勘だけでやったろうがな……だからまだ卒業もできてないだろうに……』

その後もⅡ世は様々な要素を『講義』し、デュマはその情報を元に執筆を続けて行く。

与えられた情報から即座に逸話の上書きを開始するデュマも驚異的だが、シグマが警戒したのは、訥々《とつとつ》と語るエルメロイⅡ世の方だった。

噂《うわさ》は聞いた事がある。

才能ある生徒達を大海だとすれば、彼の魔力量はみずたまりのようなものに過ぎないと。

一方で、略奪公などと呼ばれて怖《おそ》れられているという噂《うわさ》もある。

その理由を、シグマは嫌という程に実感した。

今、この瞬間、その『みずたまり』は、確かに青空を映し出し、空と水面を合わせて一つの海として焼き付けようとしているのだから。

まるで全てを俯瞰《ふかん》して見ているかのように語るが、このエルメロイⅡ世という男はこの街に、いや、アメリカ大陸の中にすらいないのである。

それでありながら、まるで自分が目の前でその神秘と相対しているように……しかも、魔術師でありながら『神殺し』について冷静に語る姿は、空恐ろしさすら感じさせる。

「……どうしてそこまで、俺達に協力してくれる？　時計塔にとっての見返りはなんだ？」

思わず口を突いて出た問いに、Ⅱ世は答えた。

『神秘の秘匿。世界の危機を救う。英雄でない単なる一魔術師であっても、動くには充分な案件だと思うが……まあ、そんな崇高な自己犠牲ではないのは確かだ』

「なら、どうして？」

『その街にいるのが卒業した者達だけならば、自ら道を選んで死地に赴いたという事だ。それを止める権利もなければ、助けに行く理由もない。自分で道を選び、その結末に責任が取れるようになったと判断したからこそ、卒業の証《あかし》を与えたのだからな』

頭か胃腸を痛めているのが電話越しにも解《わか》るような声で言った後、それでも、嘘《うそ》偽りの無い言葉をシグマへと返す。

『だが、今回は現役の生徒……まだ、道を私が預かっている者達が数名いる。教師として見過ごすわけにも行くまい』

「……それだけの理由で？」

場合によっては、時計塔での立場が悪くなる案件だ。

シグマの問いに、Ⅱ世は心底疲れたという声色で――

それでいながら、一切の澱《よど》みも躊躇《ためら》いもなく断言した。

『なにより重要な事だ』

『どれほどの問題児であろうと、私が自分の意志で受け入れた生徒だからな』

Ⅱ世がそう断言するのと、別口の手段を用いて遠隔から蝶魔術を行使したヴェルナー・シザームンドの助力を得たデュマが弩弓《どきゅう》への『上書き』を終えるのはほぼ同時であった。

「現場にいかねえまま、与えられた情報で事件を解決する安楽椅子探偵って言葉があるが

「……」

デュマは『宝具』として昇華された、『天空の女主人を射落としたという概念を持つ』因果が逆転した弩弓《どきゅう》を手にし、携帯電話の向こう側にいる存在に心からの賞賛を告げる。

「大したもんだぜ、先生」

「あんた、現場にいないまま神堕《かみお》としをやってのける事になる」

×　×

神殿上部

「イシュタル様！　ああ、そんな、そんな……！」

宙に浮いていたイシュタル神殿が大きく揺らぎ、緩やかに地面へと下降を始めている。

神殿上部に堕《お》ちてきたフィリアの身体《からだ》からは既に神性の大半が失われており、それに呼応する形で神殿や大地を操っていた『魅了』の効果も失われたのだ。

危険を察したライダー達は既に神殿から退避しており、残されたハルリは神殿上部に横たわるフィリアを抱えて泣きすがっていた。

「嫌です、イシュタル様！　ああ、ああ、私が、私がもっと……」

「……うぬぼれないで」

そんな信徒の涙を右手の指で拭いながら――フィリアの身体《からだ》に残されていたイシュタル女神が気丈に微笑《ほほえ》む。

「人間のあなたが何か足掻《あが》いた所で、神の命に、私の生き死にに影響なんてないわ」

「イシュタル様……」

「馬鹿な子ね……。ずっとおっかなびっくりで、無理して私についてきて……」

ほんの数日の付き合いであり、気まぐれで祭祀長《さいし》としての加護を与えた魔術師の少女。

人としても魔術師としても卓越した存在というわけではないが、だからこそ、イシュタルはその少女を今を生きる人間の一人として純粋に接していた。

「最後に、神託を下すわ」

ハルリの頬を撫《な》でながら、イシュタルは言う。

「フワワを……お願いね」

バーサーカーの真名《しんめい》を口にしながら、慈愛に満ちた声で告げた。

「あの子……ああ見えて、寂しがりだから」

言うが早いか、イシュタルは最後に残された魔力を使って、マアンナを起動させた。

そして、天舟にハルリの身体《からだ》を押し込みながら、彼女だけを乗せて無理矢理神殿の外へと飛び立たせた。

「イシュタル様……！　嫌です、私は、まだ貴女《あなた》に何も……！」

「私に何か返せるほど、あなたはまだ裕福じゃないでしょう？」

突き放すような言葉だが、相手を安堵《あんど》させる笑みを浮かべ、最後に冗談とも本気とも受け取れる言葉を投げかけつつ、女神は巫女《みこ》と箱船を見送った。

「生き延びてお金を稼いだら……その時は、神殿にたっぷりと瑠璃石を貢《みつ》ぎなさい？」


そして、静寂が訪れる。

遠雷と風が西から届いているのだが、失われつつある五感の中では別世界の出来事のように感じられた。

あるいはもう、半分冥界の檻《おり》の中に囚《とら》われているのかもしれない。

「……君らしくもないね」

そんな静寂を打ち破ったのは、緑色の髪を靡《なび》かせる、不倶戴天《ふぐたいてん》の敵だった。

「人間を、あんな風に気遣うだなんて」

罵る言葉は百も二百も浮かぶが――

「あの子は、私が自分の意志で祭祀長《さいしちょう》として認めた子よ？」

女神が選んだのは、静かな反論だった。

「私は人類の守護者。私が気まぐれであの子を滅ぼすのは構わないけど……私の迂闊《うかつ》で、あの子が死ぬなんて事だけは許されない」

「……」

世界から消えゆく神の残滓《ざんし》の言葉を聞き、エルキドゥはそっと眼《め》を逸らしながら言葉を紡《つむ》ぐ。

「やっぱり君は、傲慢で、理不尽極まりないままなんだね」

「それを否定したら……もうそれは私じゃあない」

イシュタルの魂に浮かぶのは、今も神殿の前で戦い続けるフワワや、遠き時代に己に身を捧《ささ》げ続けた神官達の姿。

「かつてのウルクで……いえ」

飛び去るハルリの方に一瞬だけ目を向けた後、やはり傲岸不遜な——だからこそ何よりも美しき笑みを浮かべ、女神は断言した。

「あらゆる私を仰ぎ見た子達と、何より過去の私自身への侮辱よ」

「……」

「私を最後に射落とした子は……人間だったわ」

己に致命打を与えた傭兵《ようへい》らしき青年の事を思い出しつつ、女神は言った。

「あなたでもない、エレシュキガルでもない……人間が私を堕《お》とし、神の時代を否定した」

「どうして……そんなに嬉《うれ》しそうに言うんだい？」

「私だけじゃない……あなたもギルガメッシュも必要ない……人がその足で歩む時代が証明されたのよ……名残惜しいけど……それ以上に、嬉《うれ》しいじゃない……」

冥界へと消えゆく女神の残滓《ざんし》は——ただ、笑う。

「あなたみたいなガラクタには……解《わか》らないでしょうけど……ね……」


それは、これまでで最も尊大で、最も気高く——

兵器の心すら揺らめかせる、最も美しい微笑《ほほえ》みだった。


神殿が地に到達し、繋《つな》ぎ止《と》められていた石が剝がれて崩壊する。

形すら残さず崩れた神殿の姿は、この地上から一柱の女神が失われた事を意味していた。

×　　　×

警察署　屋上

Ⅱ世との会話を思い出しつつ、シグマは警察署の屋上に立ち上がり、西の空を見て言った。

「エルメロイⅡ世の言葉からは、嘘《うそ》は欠片《かけら》も感じられなかった。やはり時計塔のロードというのは、凄《すご》い人達なんだな」

「んー……まあ、ロードだから、というのは違うと思うよ？　教師としてなら同感だけどね。ケイローン先生ほどスパルタでは無さそうだけれど、在り方は少し似てる」

蛇杖《へびづえ》の少年がどこか過去を懐《なつ》かしむように言った後、西の空を見上げる。

「さて、女神は堕《お》ち、冥界へと旅だったみたいだけれど……。これからが本当の試練だね」

彼の視線につられ、シグマも西に眼《め》を向ける。

「直接の死を与えたのはアサシン……ああ、彼女じゃない、ハサン・サッバーハだけれど、君もまた、女神を討つという大役を成し遂げ、ようやく聖杯戦争の表舞台に躍り出た。その意味は理解しているかい？」

この状況は、既にフランチェスカやファルデウスに観測されているだろう。

言い訳ができる状況ではない。

更に言うなら、影法師の情報により、この街がバズディロット達によって戦禍に包まれる事も知っていた。

警察の内部にいる『内通者』について、警察署長からこの後に何かを言われるであろう事を考えれば、シグマにとっての問題は山積みである。

シグマは静かな、それでいて断固たる決意を胸に秘め、顔をあげた。

「……そうだな」

――アサシンは……まだ、無事かな。

――まだ、自分の信仰を貫いているんだろうな。

――だったら、俺も……。

未《いま》だ西の空に渦巻く巨大な雷霆を見たシグマは、僅かに口角を上げながら、半分ジョークのような言葉を口にする。

「もう暫《しばら》く、寝不足になる日が続きそうだ」

接続章

『ある日、雷鳴の中』

数時間後　スノーフィールド某所

「お前達は……もう帰れ」

空に浮かぶ異形の少年が、大地に立つ魔術師達にそう告げた。

「そういうわけにはいかない、お前なら解《わか》ってるだろ」

スヴィンの言葉に、空の少年――ティア・エスカルドスが答える。

「もう『俺』はどこにもいない。取り戻せる方法があるなら、『僕』がとっくにやっている」

圧倒的な魔力を己の周りに『衛星』として周回させながら、ティアは突き放すように、眼下の魔術師達――エルメロイ教室の面々へと告げた。

「街の崩壊に、わざわざ居合わせる義理はないだろう」

彼がそう言って視線を向けた先には――空を覆い尽くさんばかりの雷雲がある。

数時間前まで、天の牡牛《おうし》として街の西に在り続けた台風。

力と破壊の化身であり、街を滅ぼす災厄として顕現していたその積乱雲の群れが、今は別の存在へと成り変わっていた。

「……『僕』も驚いたよ。『俺』のサーヴァント……ジャック・ザ・リッパーの宝具だけじゃない。いや、サーヴァントの宝具しか奪えないと『俺』も勘違いしていたけれど……」

魔力の流れをサーチできる者は、即座に理解する。

全長数百キロメートルあった台風が、今は僅か数キロメートルの積乱雲へと縮小している。

だが、それはイシュタルが冥界に堕《お》ちた事により弱体化したわけではなかった。

台風のエネルギーの全てが、あの一箇所――より正確には、その中心に立つ、一騎のサーヴァントに凝縮されているのだ。

紫電が常に空と大地を覆い尽くしており、あの場に近付くだけで雷の雨により焼け死ぬのは明白だろう。

「まさか、神獣の概念核をそのまま簒奪《さんだつ》するなんてな」

その中心にいるサーヴァント、すなわち復讐《ふくしゅう》者アルケイデスに視線を向けながら、ティアは静かに問《と》い質《ただ》した。

「それとも、お前達……アレをどうにかするつもりなのか？」

「当然だ」

そう言って前に出たのは、戦馬に乗ったヒッポリュテだった。

「あれは……私の敵だ。奴《やつ》を止める事が、この私がこの地に留まる理由だからな」

「……」

ティアは、無言でヒッポリュテに視線を向ける。

この数時間の間に、更に霊基の質が上がっていた。

三十人分のマスターの魔力を、拒絶反応を起こさぬように丁寧に練り上げた結果だろう。

だが、それでもあの雷霆《らいてい》すら奪い取った魔人に勝てるとは思えない。

「玉砕覚悟なのか？　それとも……」


続いて、ティアは別の場所に眼《め》を向けた。

エルメロイ教室の魔術師達に護《まも》られるように横たえられた、神の気配が消え去った小聖杯――フィリアの身体《からだ》。

そして、その横に蹲《うずくま》って頭を抱えている一人の少女――アヤカ・サジョウの姿を。

「そいつが……本当に人の味方になると考えてるのか？」

「おかしいと思わないのか？　英霊を二人もかかえて、あれだけ宝具を撃たせ続けられる……無限に魔力が湧き上がる奴《やつ》が、まともな存在だとでも？」

ライネス・エルメロイ・アーチゾルテは、かく語りき。

×　×

「形ある財産の中で一番の損失だった『アレ』は……、他の君主達《ロード》ですら、おいそれと手に入れられるものではなかったからね。何しろ、月霊髄液《トリムマウ》が完成するまで、『アレ』は確かにエルメロイの至上礼装だったのだから」

ロード・エルメロイの『先代』であるケイネス・エルメロイ・アーチボルト。

かつて冬木《ふゆき》の地において命を落としたロードの身内にあたる少女が、淡々と語る。

「そう……先代殿が冬木《ふゆき》の闘争において『アレ』を失ったのは、5つぐらいある致命的損失の中でもとりわけ大きなものだったよ」

どこか楽しそうに、あるいは、聞き手を試すように、ライネスは『それ』について語る。

「建造物を丸ごと異界化できる程の魔力を、数週間にわたって捻出し続ける上に……三つ揃《そろ》える事で相互作用を起こし、魔力の自然回復力も跳ね上がるという逸品だ。数百年前のエルメロイが、発掘された最高クラスの幻想に手を加えて完成させた、いくら汲《く》み出《だ》しても尽きぬ魔術炉の完成形……超抜級《きゅう》の個性こそ無いが、その出力だけで他者を圧倒する、万能を謳《うた》うエルメロイ家だからこそ映えるシンプルイズベストの極致だよ。まあ、今はその反動か、なかなかに個性的な至上礼装になってるがね」

元は自分達の物が失われたというのに、それが楽しいとばかりに少女は言った。

彼女の横に立つ水銀のメイドこそが、エルメロイの現在の『至上礼装』――すなわち時計塔の君主十二家を象徴する魔術礼装である。

「先代殿が、『魔力だけの代物では美意識に欠ける』と言って、新たな礼装として生み出したのがこのトリムマウ……『月霊髄液《ヴォールメン・ハイドラグラム》』というわけさ」

即《すなわ》ち、彼女が語る『アレ』とは、自我を持ち合わせた上に人型に擬態できる高性能の水銀生命体という冗談のような代物に匹敵する存在という事だ。

「まあ、私に使いやすくするという名目で、義兄上が自我を設定してしまったのは、先代殿からみれば劣化と言われるだろうがね」

そこまで言うと、ライネスは口元を歪《ゆが》めて話を『過去の至上礼装』へと戻す。

「……霊墓アルビオンの事は、当然君も知っているだろう？　幻想の地を目指して地に潜ったが途中で力尽き、そのまま巨大な迷宮となり果てた最後の竜。その際に生まれた地下迷宮から発掘され、最盛期のエルメロイ家が手練手管の全てを用いて入手したいくつもの幻想がその魔術炉の原料だったわけだが……。正直、そんなものを極東の魔術儀式の為《ため》に国外に持ち出した時点で、先代殿は色に当てられて正気ではなかったのかもしれないな」

身内を皮肉るような言葉を口にしつつ、紅茶を手にして尚《なお》も楽しげに語るライネス。

「もっとも……当の異界化させた工房……つまりは冬木《ふゆき》のホテルが崩壊した惨状に合わせて、何者かに奪われてしまったのだがね。目星をつけていた盗人《ぬすっと》も死んでしまって、情報が完全に途切れているのさ」

そこで言葉を止め、ライネスは聞き手に対して逆に問う。

「君も聖杯戦争について冬木《ふゆき》の情報を集めた事があるのなら、聞いた事がないかな？」

「玄木坂《くろきざか》の蟬菜《せみな》マンションで、魔術師の夫妻が惨殺《ざんさつ》されていた事件を」

ライネスは紅茶を啜《すす》りつつ、サディスティックな笑みを浮かべながら言った。

「それこそ、聖杯ほどではないが……戦争を起こしてでも欲しがる魔術師もいるだろう」

まるで、今も世界の何処《どこ》かにある『それ』を巡って、魔術師達が愚かな争いを引き起こす事を待ち望んでいるかのように。

あるいは、今この瞬間にも、どこかでそれが起こっていると信じているかのように。

「あの、三基の魔力炉は——」

「そいつは……いずれ人類の敵になる。『僕』と同じようにね」

膝をついて俯《うつむ》くアヤカを示しながらそう断言するティア。

だが、そんな彼に対して反論したのは、他ならぬアヤカの前に立つセイバーだった。

「おいおい、予言者気取りは周りから疎《うと》まれるぞ？　サンジェルマンの奴《やつ》なんか、何回も予言を当ててるのに、その上で無茶苦茶ウザがられてたからな！」

「セイバーか……」

「まあ、アヤカが人類の敵になるなら、俺もそれに付き合うのは吝《やぶさ》かじゃない。ただ、俺も予言をしよう。そうなるとしたら、先に喧嘩《けんか》を売るのはアヤカじゃないと思うぞ？」

軽口のように言うセイバーだが、魔力は既に練り上げられており、今すぐにでも上空のティアへと宝具を撃ち放つ準備を終えている。

「マスター……アヤカが人類の敵になるんじゃない。人類こそがアヤカの敵になる、という言い方の方が正しいと、俺は声高く主張していきた……」

だが、そんなセイバーの手を、くずおれていたアヤカの指が掴《つか》む。

「アヤカ？」

×

×

「私、違う……アヤカ、じゃない」

苦しむように、怯《おび》えるように、眼《め》と唇を震わせながらアヤカは言った。

「思い出した……私、全部……！　思い出したんだ……！」

神の残滓《ざんし》が消え去り、眠るように横たわっているフィリアに視線を落としながら——『暗示』が解けたかのように、アヤカは自らの中に蘇《よみがえ》る記憶の奔流に流され続けていた。

全身から力が抜けるような感覚を味わいつつ、アヤカはそれでも何かに縋《すが》るようにセイバーの腕を摑《つか》み——嗚咽《おえつ》するように、己の言葉を口にする。

「私は……違う、沙条《さじょう》綾香《あやか》じゃない！」

セイバーに対して懺悔《ざんげ》するように。

過去の自分自身を、全て否定するかのように。

「……私は……私が……赤ずきんだ」

「私が、『あの人』を……殺したんだ」

next episode ［Fake09］

CLASS
???

※以下は、『仮にサーヴァントであったとしたら』という仮定に基づくステータスです。

マスター	自分自身
真名	イシュタル（依り代・フィリア）
性別	女
身長・体重	不明
属性	秩序・善

筋力	C	魔力	EX
耐久	C	幸運	A
敏捷	A	宝具	EX

保有スキル

美の顕現：EX

アインツベルンのホムンクルスに降臨した美の女神。その魅了の力は魔物や無機物、物理法則にすら影響を及ぼすが、相性の悪い冥界関連の概念などには行使できない。人間は自動的に自分を崇めるものなので使う必要は無いと思っている。ハルリを心酔させたのはスキルとしての魅了ではなく、女神としての素の魅力である。

魔力放出：A+

土地を魅了して直接魔力を引き出し、それを出し惜しみなく放出する。

輝ける大王冠：A−

残響なので、神代のイシュタル女神よりはやや権能の力は落ちる。

クラス別能力

対魔力：A

単独行動：A++
ホムンクルスの身体に降りて融合している状態なので。

女神の残響：B+++

女神の神核と同等のスキルだが、女神本体ではなく、女神が自分の存在の複写を世界への祝福（呪い）として残した残響なので微妙に異なる。

特定の条件が揃うと自分のコピーを生み出すプログラムを星に焼き付けたような形である。

疑似サーヴァントと本物の狭間に位置する為このランクとなっている。

精神干渉系の攻撃などは基本的に通じない。

宝具

八荒拝跪す天空の鎚《ジュベル・ハムリン・ブレイカー》

ランク：A+++　レンジ：999～???　最大補足：???
かつて神々すら敬意を払ったエビフ山を文字通り叩き潰した際に、槍を打ち込む前に山頂を鷲づかみにしたと言われているイシュタル女神。この宝具はその『山頂を鷲づかみにする』と表現される御業。戦鎚シタに魔力と権能を込めて振り下ろすその一撃は、まさに力ずくで世界を跪かせる天空からのプレッシャーである。

天の牡牛《グガランナ・ストライク》：凶猛《アウトレイジ》

ランク：EX　レンジ：999　最大補足：999
女神イシュタルの遣わした最強の神獣。一時的に呼び出して前足による一撃を食らわせる通常のグガランナ・ストライクとは違い、恒常的に顕現させる事で台風の化身として使役する。女神本人ではなく残響なので自分自身と神獣は共に無かったのだが、生半可に女神の力を行使して余所様の世界線から勝手に持ち出した。今回に限ればイシュタル女神の横暴な一面の化身と言えるのかもしれない。

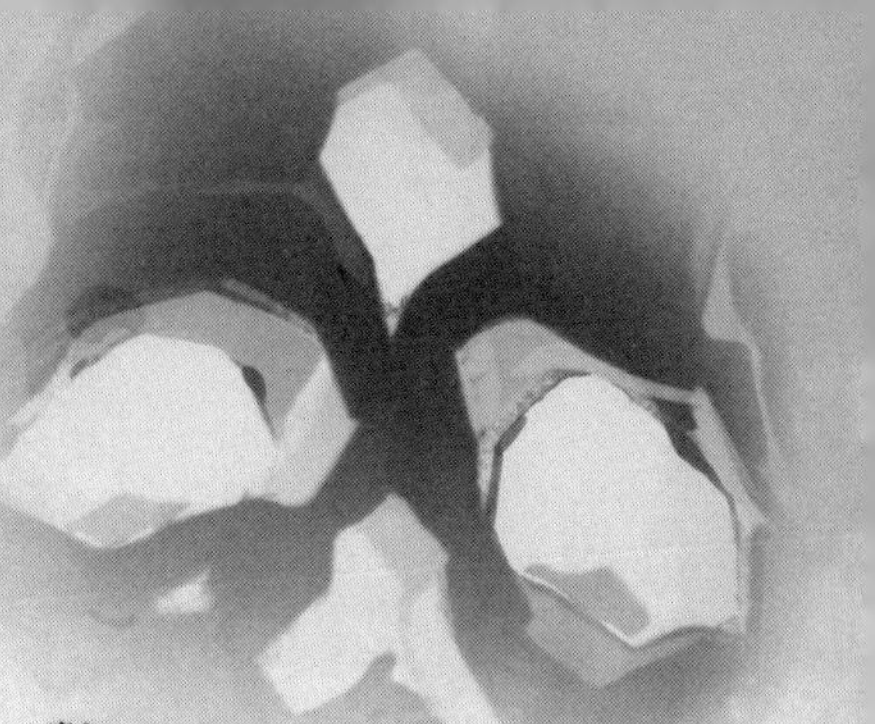

CLASS

真アサシン

マスター	ファルデウス・ディオランド
真名	ハサン・サッバーハ
性別	男
身長・体重	影に身長も体重も存在しない
属性	秩序・悪

筋力	D	魔力	D
耐久	C	幸運	E
敏捷	C (影での移動時A+)	宝具	EX

保有スキル

影灯籠：A

影そのものと同化するスキル。暗闇から周囲の魔力を得る為、
実体化さえしなければマスターからの魔力供給もほぼ不要。
令呪を使われない限りマスターに対してもステータス隠蔽が可能になる。

幽弋：A

初代の刃による死の先払いを行った為、死した後に世界に焼き付けられた呪いと祝福。

即ち、ある男の個としての『死の影』そのものがハサン・サッバーハの一人となった事を示すスキル。

影として蠢き、影のある場所ならばどこにでも移動できる。故に、輝きしか持たぬ存在にその刃は届かない。

煙酔のハサンのように攻撃を全て無効化するというわけではない。

クラス別能力

気配遮断：EX
世界そのものと同化。攻撃に転じる瞬間だけA+になる

宝具

瞑想神経《ザバーニーヤ》

ランク：EX　レンジ：1～???　最大補足：1～???

英霊としての霊基の消滅が確定する事を条件として発動する。

世界の影と繋がる事で擬似的な死の概念そのものと化し、狙った相手と同化して冥府へと引きずり込む。発動条件には、マスターの死亡による霊基の消滅も含まれる。

初代の影と呼ばれつつも、正確に何代目なのかは誰も知らぬハサンの隠された宝具。

後世には何一つ正確な事が伝えられておらず、世界の影と繋がり土地の万象を把握する能力だと語られている。

あとがき（多大な本編のネタバレを含みますので読了後に読むのを推奨します）

お久しぶりです。成田良悟《なりたりょうご》です。

というわけで、今回ついに巨星堕つ形とあいなりました。

「よし、当初のプロット通り、みんなの力で無事に序盤で倒し……違う！　こんな手早く倒せるわけがないんじゃ！　某レイド戦じゃあるまいし！（原稿を破く）」

「これまでの描写に見合う程の強さできちんと……だめじゃだめじゃ強すぎる！　この流れだと倒すまであと2冊は掛かるんじゃ！（原稿を破く）」

「はあはあ、なら、予定より早いがここで●●を●●させて戦力を増強させれば……いや！　そんな野暮を●●はよしとしないんじゃ！（原稿を破く）」

とまあ、実際は原稿を破くのではなくデータ消去ですが、今回、そんな流れで全体を三回ほど大半を書き直すという所業の末——最終的に安楽椅子略奪公ことエルメロイⅡ世と某徐福ちゃんの雇い主絡みの弩弓まで引っ張り出す事で、無事に蒼穹を還し奉る結果と相成りました。

一方で、『明星と影』という対決の構図は真アサシンを出した時からずっと決めていた事であり、今回やっと書き切れたと胸をなで下ろしております……！

ラストでお分かりいただけたかと思いますが、このＦａｋｅの物語における『根幹』は複数ございまして、その一つは『冬木の物語から世界に溢れ出たもの』だったりします。

故にⅡ世の出番も多いのですが、事件簿シリーズではない以上、彼の活躍はここまで。

後は彼の生徒達が『英雄と級友』を相手どって新しい未来を切り拓くターンです。そして、彼らとは別にアヤカとセイバーの物語もクライマックスを迎えつつあり、シグマもついに幕間から表舞台に姿を現し、黒幕達と戦う道を選びました。

聖杯戦争の脱落者も出始め、ドミノ倒しが始まった8巻ですが——恐らくは残り二冊ほど、この偽りの聖杯戦争にお付き合い頂ければ幸いです……！


なお、今回の幕間の『役者の貯蔵は充分か？』は仮の章タイトルとして書いていたのですが、直すのを忘れてそのままチェックに出した結果、奈須さんから『やりやがった！　マジかよあの野郎ッ！　やりやがったッ！』と言われ、『この手が悪いのだ、この手が勝手に！』と言い訳しかけましたが、やめろとは言われなかったのでそのまま通すことにしたのは内緒です。

そして、色々な人にチェックの際「シリアスな場面で『ネオ・イシュタル神殿』の単語を見ると脳がバグる」と言われましたが、作者は言われるまで気付かず真顔でネオ・イシュタル神殿と書いていたのも内緒です。いや、嘘を吐きました。言われた今も真顔で書いてますイエーー！

そして――この本が出るまでの間に、大きな動きがありました。

アニメ！

そう、アニメ！　アニメです！

このＦａｋｅシリーズがついに特番枠のアニメとして製作される事となりまして、この本が発売した時点で既に年末のＦａｔｅシリーズ年末特番内において、５分以上にわたるロングＰＶが公開されております！　製作はＦＧＯのＣＭや周年アニメＰＶなどを手がけて下さっている榎戸さんと坂詰さんによるダブル監督体制でして、ＰＶはネットでも公開されておりますので、まだ見て居ないという方も検索などしていただければと……！

本来は年末にテレビスペシャル特番として原作小説１巻にあたる部分のアニメをお届けする予定だったのですが、世相を含めました昨今の様々な事情により夏に完成予定となりました。ＰＶを観た私はその演出の素晴らしさに『待つ待つ、いくらでも待っちゃう』と小躍りしている状態ですので、皆さんも御一緒に小躍り……もとい楽しみにお待ち頂ければ幸いです！

以下は、御礼関係となります。

まずは、いつもに増して様々な形でご迷惑をおかけしてしまった担当の阿南《あなん》さん。並びに出版社の皆さんと、スケジュール調整して下さったⅡＶの皆さん。

様々な御相談に乗って下さったＦａｔｅシリーズ関係者の皆さん。プロデューサーの黒崎さんをはじめとするアニメ関係者の方々も加わりまして、アメリカの資料などでも大変お世話になりました……！

特定のサーヴァントや魔術関連の設定の考証をして下さっている、三輪《みわ》清宗《きよむね》さんをはじめとするチーム・バレルロールさん。三輪さんにはアニメの魔術監修にも加わって頂きまして、英雄王を召喚した名無しの魔術師の呪文など様々な面でお世話になっております！

事件簿周りのキャラクターたちのチェック、設定を考証をして下さり、色々と御意見を下さいました三田《さんだ》誠《まこと》さん。今回は、Ⅱ世に加えてライネスの台詞をだいぶ監修して頂きました……！　お返しに、次の『冒険』ではフラットの台詞をガッツリ監修させて頂きます……！

そして、表紙から本文の挿絵に到るまで、今回も素晴らしい形で作品を彩って頂き、キャラクターの深みを拡げて下さった森井《もりい》しづきさん。アニメでもビジュアル面や脚本面などで共に監修していただき、本当に感謝です……！

そして何より、Ｆａｔｅという作品を生み出して監修をして下さっている奈須《なす》きのこさん＆ＴＹＰＥ－ＭＯＯＮの皆様と、エルキドゥの幕間で私も関わらせて頂いているFate/GrandOrderスタッフの皆様――そして、長くお待たせしてしまったにも拘わらず、本書を手にとってここまでお読み頂いた読者の皆さん。

本当にありがとうございました！

２０２３年１月『ＦＧＯの英雄王とエルキドゥの強化に欣喜雀躍しつつ』　成田《なりた》良悟《りょうご》

◉成田良悟著作リスト

「バッカーノ！シリーズ
1705〜1711／1930〜1935／2001〜2002　計22冊」（電撃文庫）
「バウワウ！ Two Dog Night」（同）
「Mew Mew！ Crazy Cat's Night」（同）
「がるぐる！〈上〉 Dancing Beast Night」（同）
「がるぐる！〈下〉 Dancing Beast Night」（同）
「5656！ Knights' Strange Night」（同）
「デュラララ!!×1〜13」（同）
「デュラララ!! 外伝!?」（同）
「デュラララ!!SH×1〜4」（同）
「折原臨也と、夕焼けを」（同）
「折原臨也と、喝采を」（同）
「ヴぁんぷ！I〜V」（同）
「世界の中心、針山さん①〜③」（同）
「Fate/strange Fake ①〜⑧」（同）
「オツベルと笑う水曜日」（メディアワークス文庫）

本書に対するご意見、ご感想をお寄せください。

ファンレターあて先
〒102-8177　東京都千代田区富士見2-13-3
電撃文庫編集部
「成田良悟先生」係
「森井しづき先生」係

本書は書き下ろしです。

この物語はフィクションです。実在の人物・団体等とは一切関係ありません。

電撃文庫

Fate/strange Fake⑧

成田良悟《なりたりょうご》

◇◇◇

2023年２月10日　初版発行

発行者　山下直久

発行　株式会社KADOKAWA
〒102-8177　東京都千代田区富士見2-13-3
0570-002-301（ナビダイヤル）

装丁者　荻窪裕司（META＋MANIERA）

印刷　株式会社暁印刷

製本　株式会社暁印刷

●お問い合わせ
https://www.kadokawa.co.jp/（「お問い合わせ」へお進みください）
※内容によっては、お答えできない場合があります。
※サポートは日本国内のみとさせていただきます。
※ Japanese text only

※定価はカバーに表示してあります。

ISBN978-4-04-914820-6　C0193　Printed in Japan

電撃文庫　https://dengekibunko.jp/

電撃文庫創刊に際して

文庫は、我が国にとどまらず、世界の書籍の流れのなかで〝小さな巨人〟としての地位を築いてきた。古今東西の名著を、廉価で手に入りやすい形で提供してきたからこそ、人は文庫を自分の師として、また青春の想い出として、語りついできたのである。

その源を、文化的にはドイツのレクラム文庫に求めるにせよ、規模の上でイギリスのペンギンブックスに求めるにせよ、いま文庫は知識人の層の多様化に従って、ますますその意義を大きくしていると言ってよい。

文庫出版の意味するものは、激動の現代のみならず将来にわたって、大きくなることはあっても、小さくなることはないだろう。

「電撃文庫」は、そのように多様化した対象に応え、歴史に耐えうる作品を収録するのはもちろん、新しい世紀を迎えるにあたって、既成の枠をこえる新鮮で強烈なアイ・オープナーたりたい。

その特異さ故に、この存在は、かつて文庫がはじめて出版世界に登場したときと、同じ戸惑いを読書人に与えるかもしれない。

しかし、〈Changing Times,Changing Publishing〉時代は変わって、出版も変わる。時を重ねるなかで、精神の糧として、心の一隅を占めるものとして、次なる文化の担い手の若者たちに確かな評価を得られると信じて、ここに「電撃文庫」を出版する。

1993年6月10日
角川歴彦

電撃文庫DIGEST　2月の新刊

発売日2023年2月10日

第29回電撃小説大賞《大賞》受賞作

新作 **レプリカだって、恋をする。**

著／榛名丼　イラスト／raemz

愛川素直という少女の身代わりとして働く分身体、それが私。本体のために生きるのが使命……なのに、恋をしてしまったんだ。電撃小説大賞の頂点に輝いた、ちょっぴり不思議な“はじめて”の青春ラブストーリー

第29回電撃小説大賞《金賞》受賞作

新作 **勇者症候群**

著／彩月レイ　イラスト／りいちゅ
クリーチャーデザイン／劇団イヌカレー（泥犬）

謎の怪物《勇者》が「正義」と称した破壊と殺戮を繰り返す世界。勇者殺しの少年・アズマと研究者の少女・カグヤ、これは真逆な二人の対話と再生の物語——！　電撃大賞が贈る至高のボーイ・ミーツ・ガール！

第29回電撃小説大賞《銀賞》受賞作

新作 **クセつよ異種族で行列ができる結婚相談所**
～看板ネコ娘はカワイイだけじゃ務まらない～

著／五月雨きょうすけ　イラスト／猫屋敷ぷしお

猫人族のアーニャがはたらく結婚相談所には、今日も素敵な縁を求めてたくさんの異種族が訪れる。彼氏いない歴三世紀のエルフ女子、厄介能力で冒険者ギルドを崩壊させた優男——ってみんなクセが強すぎでしょ！？

86―エイティシックス―Ep.12
―ホーリィ・ブルー・ブレット―

著／安里アサト　イラスト／しらび
メカニックデザイン／I-Ⅳ

多大な犠牲を払った共和国民の避難作戦。その敗走はシンたち機動打撃群に大きな影響を及ぼしていた。さらに連邦領内では戦況悪化の不満が噴出するなか、一部の離反部隊はついに禁断の一手に縋ろうとして……

Fate/strange Fake⑧

著／成田良悟　イラスト／森井しづき
原作／TYPE-MOON

呼び寄せられた“台風”によって混乱する聖杯戦争。『ネオ・イシュタル神殿』を中心に大規模な衝突が始まる中、ひとつの“影”が晩鐘の響きを携えて現れる。そしてエルメロイ教室の面々を前にアヤカは……

新・魔法科高校の劣等生
キグナスの乙女たち⑤

著／佐島 勤　イラスト／石田可奈

九校戦は終えたが茉莉花の夏はまだ終わらない。全日本マジック・アーツ大会が目前に控えているからだ。マジック・アーツ部の合宿に参加する茉莉花だが、そこに現れたのは千葉エリカと西城レオンハルトで——。

魔王学院の不適合者13〈上〉
～史上最強の魔王の始祖、転生して子孫たちの学校へ通う～

著／秋　イラスト／しずまよしのり

気まぐれに世界を滅ぼす《災人》が目覚め、《災淵世界》と《聖剣世界》、二つの世界が激突する。目前に迫る大戦を前に、アノス率いる魔王学院の動向は——？　第十三章《聖剣世界編》編、開幕!!

エンド・オブ・アルカディア3

著／蒼井祐人　イラスト／GreeN

《アルカディア》製作者・《JUNO》との邂逅を果たした秋人たち。ついに明かされる“死を超越した子供たち”の秘密。そしてアルカディア完全破壊の手段とは——？　今、秋人たちの未来を賭けた戦いが幕を開ける！

アオハルデビル2

著／池田明季哉　イラスト／ゆーFOU

坂巻アリーナでの発火事件で衣緒花の悪魔を祓った有葉のもとに、新たな“悪魔”が現れる。親友の三雨の「願い」に惹かれ、呼び寄せられた“悪魔”を祓うために、有葉は三雨の「願い」を叶えようとするが——。

レプリカだって、恋をする。
Even a replica falls in love
榛名丼
〔イラスト〕
raemz
16歳、夏。はじめての、青春。
愛川素直という少女の
身代わりとして働く
分身体《レプリカ》、それが私。
本体のために生きるのが
使命……なのに、
恋をしてしまったんだ。
海沿いの街で
巻き起こる
ちょっぴり不思議な
青春ラブストーリー。
応募総数
4,128作品の
頂点
第29回
電撃小説大賞
大賞
受賞作
電撃文庫

第29回
電撃小説大賞
金賞
受賞作
夢の中で「勇者」と称えられた少年少女は、
美しき女神の言うがまま魔物を倒していた。
——その魔物が〝人間〟だとも知らず。
勇者症候群
Hero Syndrome
[著] 彩月レイ
[イラスト] りいちゅ
[クリーチャーデザイン] 劇団イヌカレー(泥犬)
少年は《勇者》を倒すため、
少女は《勇者》を救うため。
電撃大賞が贈る出会いと再生の物語。
電撃文庫

クセつよ異種族で行列ができる結婚相談所
～看板ネコ娘はカワイイだけじゃ務まらない～
五月雨きょうすけ
ill. 猫屋敷ぷしお
見習い秘書係のネコ娘、
今日も頑張って、います!
第29回
電撃小説大賞受賞作
電撃文庫
特設サイトをcheck!!
STORY
訪れるのはワケあり相談者ばかり?
異種族同士の婚活って大変なんです!
ドタバタ婚活ファンタジー、はじまります!!
電撃文庫

豚になった俺が、
異世界で美少女と
いちゃラブ（!?）する
ファンタジー

逆井卓馬
Author: TAKUMA SAKAI

［イラスト］遠坂あさぎ
Illustrator: ASAGI TOHSAKA

豚のレバーは加熱しろ

Heat the pig liver

the story of a man turned into a pig.

純真な美少女にお世話される生活。う〜ん豚でいるのも悪くないな。だがどうやら彼女は常に命を狙われる危険な宿命を負っているらしい。

よろしい、魔法もスキルもないけれど、俺がジェスを救ってやる。運命を共にする俺たちのブヒブヒな大冒険が始まる！

電撃文庫

第27回電撃小説大賞
大賞
受賞作
孤独な天才捜査官。
初めての「壊れない」相棒は
ロボットだった――。
菊石まれほ
[イラスト] 野崎つばた
ユア・フォルマ
紳士系機械 × 機械系少女が贈る、
ＳＦクライムドラマが開幕！
相性最凶で最強の凸凹バディが挑むのは、
世界を襲う、謎の電子犯罪事件！！
最新情報は作品特設サイトをCHECK!!
https://dengekibunko.jp/special/yourforma/
電撃文庫

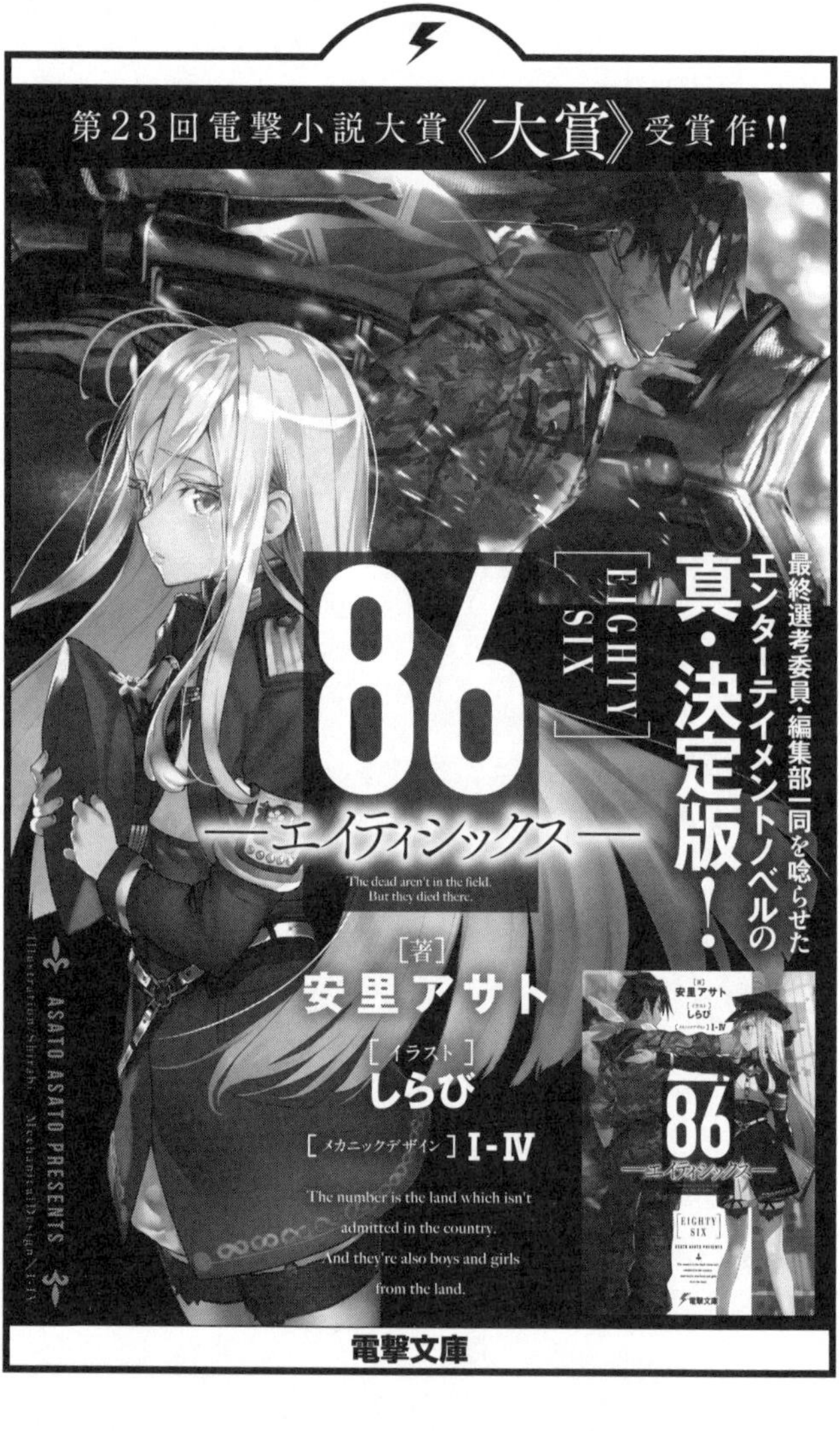

第23回電撃小説大賞《大賞》受賞作!!
最終選考委員・編集部一同を唸らせた
エンターテイメントノベルの
真・決定版！
86
[EIGHTY SIX]
—エイティシックス—
The dead aren't in the field.
But they died there.
[著]
安里アサト
[イラスト]
しらび
[メカニックデザイン] I-IV
The number is the land which isn't
admitted in the country.
And they're also boys and girls
from the land.
ASATO ASATO PRESENTS
Illustration/Shirabi Mechanical Design/I-IV
電撃文庫

MONSTER HOLIC
怪物中毒
PICK UP!
超人気作家
三河ごーすと
が贈る原点回帰にして
最新の
ダークファンタジー!
AUTHOR
三河ごーすと
ILLUST
美和野らぐ
怪物以上人間未満の
少年少女たちが
《官製スラム》の夜を駆ける——!
MONSTER HOLIC
電撃文庫